KB114587

# 내 귀에 해설이 들려

# 내 귀에 해설이 들려 9

설경구 현대 판타지 소설

초판 1쇄 찍은 날 § 2020년 12월 22일
초판 1쇄 펴낸 날 § 2020년 12월 29일

지은이 § 설경구
펴낸이 § 서경석

총괄팀장 § 노종아
편집책임 § 강서희
디자인 § 소소연

펴낸곳 § 도서출판 청어람
등록번호 § 제387-1999-000006호
등록일자 § 1999. 5. 31
어람번호 § 제1-3106호

주소 § 경기도 부천시 부일로 483번길 40 서경B/D 3F (우) 14640
전화 § 032-656-4452  팩스 § 032-656-4453
http://www.chungeoram.com
E—mail § chungeorambook@daum.net

ISBN 979-11-04-92292-3 04810
ISBN 979-11-04-92190-2 (세트)

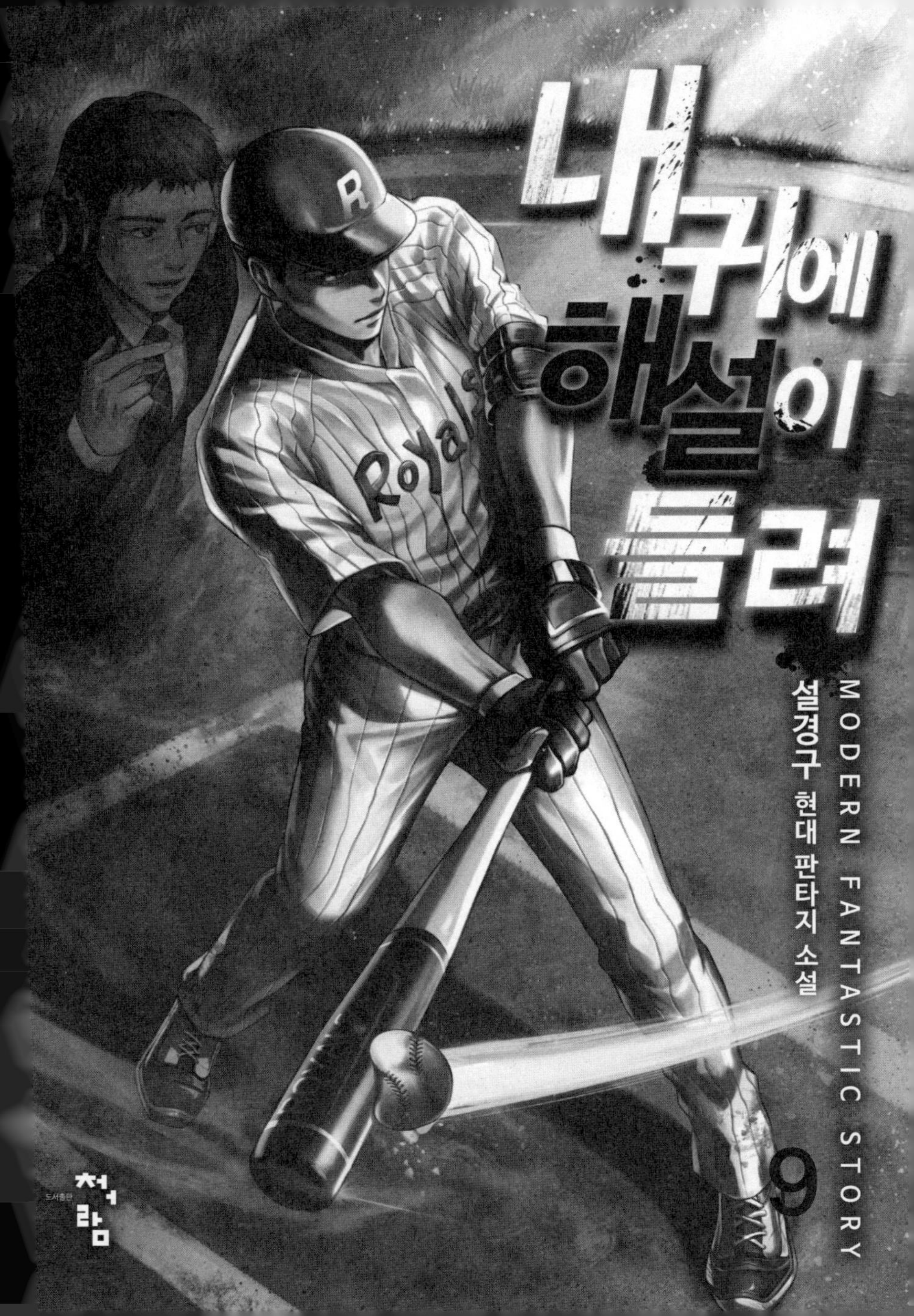

내 귀에 해설이 들려
설경구
MODERN FANTASTIC STORY
현대 판타지 소설
9
도서출판 청람

# 내귀에
## 해설이
## 들려

# 목차

제1장

　"팟 캐스트 방송 '독한 야구'는 선수, 감독, 심지어 팬들까지 모두 독하게 까는 해설 방송입니다. 심장이 약한 분들과 임산부, 그리고 노약자는 가능한 청취를 금해주시기 바라며, 본격적으로 '독한 야구', 시작하겠습니다."

　팟 캐스트 방송 '독한 야구'의 오프닝 멘트를 무척 오래간만에 다시 들은 순간, 송이현은 일단 반가운 마음이 들었다.

　그러나 잠시 후, 고개를 갸웃했다.

　예전에 들었던 '독한 야구'와는 어딘가 다르다는 느낌을 받았기 때문이었다.

　'뭐가 다르지?'

　그에 대해 고민하던 송이현이 머잖아 찾아낸 다른 부분은 발음이었다.

'살짝 발음이 새는 느낌이야.'

정확한 이유까지는 몰랐지만, '독한 야구' 진행자의 발음이 살짝 새고 있었다.

그러나 송이현은 곧 의문을 머릿속에서 지웠다.

'독한 야구' 진행자의 멘트가 이어졌기 때문이었다.

"아시는 분들은 이미 아시겠지만 팟 캐스트 방송 '독한 야구'는 그동안 한 경기만 집중해서 분석하는 방식으로 진행됐습니다. 그렇지만 오늘은 번외편이기 때문에 기존의 진행 방식과는 조금 다른 방식으로 진행하겠습니다."

'번외편?'

낯선 표현을 듣고서 송이현이 두 눈을 빛냈을 때였다.

"우선 팟 캐스트 방송 '독한 야구'의 업데이트가 왜 이렇게 늦어졌는가? 이 부분에 대한 설명을 여러분들께 드리는 게 먼저일 것 같습니다. 물론 '독한 야구'가 업데이트되길 기다렸었을 분들이 그리 많지 않다는 사실을 저도 알고 있지만, 그래도 그 편이 도리인 것 같습니다."

"난 기다렸어요."

송이현이 팟 캐스트 방송 '독한 야구'의 업데이트를 기다렸다고 대답한 순간, 제임스 윤도 끼어들었다.

"저도 기다렸습니다."

송이현이 그런 제임스 윤에게 물었다.

"제임스는 왜 기다렸어요?"

"'독한 야구'를 통해서 배운 게 많았거든요. 그래서 '독한 야구' 방송이 중단됐을 때 많이 아쉬웠습니다."

송이현과 제임스 윤이 대화를 나누는 사이, '독한 야구' 진행자의 멘트가 계속 이어졌다.

"굳이 업데이트가 늦어지게 된 이유를 밝히자면 그동안 저도 꽤 바빴기 때문입니다. 새로운 환경에 적응해야 하는 숙제를 안고 있었거든요."

'새로운 환경? 그게 뭐지?'

송이현이 의문을 품었을 때, '독한 야구' 진행자는 생뚱맞은 이야기를 꺼내기 시작했다.

"혹시 버글스라는 밴드에 대해 알고 계십니까? 버글스는 영국의 뉴웨이브 밴드입니다. 그들이 활동한 시기는 1977년에서 1981년까지로 채 5년이 되지 않습니다. 그럼에도 불구하고 1979년에 발표했던 'Video killed the radio star'라는 곡이 큰 반향을 일으키면서 버글스는 대중들의 기억 속에 자신들의 이름을 각인시키는 데 성공했습니다. 야구 관련 팟 캐스트인 주제에 왜 갑자기 생뚱맞게 외국 밴드, 그리고 외국 노래에 대한 이야기를 꺼내는 것이냐? 이런 불만을 가지시는 분들도 계시겠지만 인내심을 갖고 조금만 더 참고 들어주십시오. 제가 아까 말씀드렸던 새로운 환경에 적응하는 것과 버글스가 발표한 'Video killed the radio star'라는 곡이 관련이 있으니까요. 이 곡의 가사에도 등장하지만 TV가 등장하면서 라디오의 시대는 막을 내렸습니다. 그리고 이 곡이 발표된 지 약 40년의 시간이 흐른 시점인 지금, 평행 이론처럼 비슷한 상황이 벌어지고 있습니다. 바로 너튜브의 등장과 함께 팟 캐스트가 몰락한 것이죠. 그래서 저는 난파선에 올라타고 있다가 난파선과 함께 바다에 가라앉는 대신, 더 크고 튼튼한 배로 갈아타는 현명한 결정을 내렸습니다. 쉽게 말씀드려서 팟 캐스트를 떠나 너튜브로 진출하기로 결정했다는 뜻입니다. 따라서 팟 캐스트 방송 '독한 야구'는 오늘 방송이 마지막 방송이 될 겁니다. 그렇지만 너무 아쉬워하실 필요는 없습니다. 곧 너튜브에서 새로운 방송으로 찾아뵙게 될 것이니까요. 머잖아 너튜브에서 새로 시작할 방송에도 많은 관심을 가져달란 부탁 말씀을 드리면서 본격적으로 오늘 방송을 시작하겠습니다."

'광고도 빼먹지 않네.'

송이현이 너튜브라는 새로운 플랫폼에서 시작될 '독한 야구' 진행자의 새 방송을 찾아봐야겠다고 결심했을 때였다.

"자, 다시 야구 이야기로 돌아와서 우선 청우 로열스의 현재 상황에 대해서 알아볼까요? 현재 청우 로열스의 순위는 리그 6위. 아직 가을야구 진출이 불가능해진 상황은 아니지만, 리그 선두를 달리고 있는 대승 원더스와의 격차가 벌써 9게임이나 벌어졌습니다. 시즌 초반임에도 불구하고 정규시즌 우승을 노리기는 힘들어졌을 정도로 대승 원더스와의 격차가 크게 벌어진 상황이죠. 지난 시즌에 청우 로열스가 통합 우승을 차지했던 것을 감안하면 올 시즌 청우 로열스가 현재까지 거두고 있는 성적, 분명히 팬들의 기대에 한참 미치지 못하는 실망스런 성적입니다. 그럼 청우 로열스가 올 시즌에 지난 시즌에 비해서 부진한 이유는 대체 무엇일까요? 거기에는 여러 가지 이유들이 있습니다. 우선 지난 시즌에 통합 우승을 차지하고 난 후 올 시즌을 앞두고 선수들에게 동기를 부여하는 과정에서 어려움을 겪었던 부분도 존재할 것이고, 지난 시즌 팀의 에

이스 역할을 충실히 수행했던 외국인 투수 조던 픽스가 올 시즌 초반에는 지난 시즌만큼의 압도적인 면모를 보여주지 못하고 있는 부분도 부진의 원인 가운데 하나일 겁니다. 그렇지만 청우 로열스가 부진을 겪고 있는 가장 큰 원인은 따로 있습니다. 바로 지난 시즌 청우 로열스 팀의 구심점 역할을 해주었던 박건 선수의 부재입니다."

'제임스 윤과 같은 진단을 내렸네.'

송이현이 속으로 생각하며 제임스 윤에게 질문했다.

"박건 선수는 어제 경기도 출전하지 못했나요?"

"어제 경기만이 아닙니다. 제 기억이 틀리지 않다면 여섯 경기 연속으로 출전 기회를 얻지 못하고 있습니다."

"그래요?"

제임스 윤에게서 메이저리그에 진출한 박건의 부진이 길어지면서 출전 기회까지 급격히 줄어든다는 대답을 들은 송이현이 안타까운 표정을 지었을 때였다.

"청우 로열스가 부진을 겪고 있는 것과 마찬가지로 지난 시즌을 마친 후 포스팅 시스템을 통해서 청우 로열스를 떠나 뉴욕 메츠로 이적했던 박건 선수 역시 부진을 겪고 있습니다. 그리고 더 큰 문제는 뉴욕 메츠의 잭 니퍼트 단장이 일신상의 이유로 갑자기 사임했단 겁니다. 그로 인해 박건 선수의 출전 기회는 앞으로 더 줄어들 가능성이 높은 상황입니다."

"박건 선수, 많이 힘들겠네요."

뉴욕 메츠 잭 니퍼트 단장은 박건의 영입을 주도했던 인물.

박건의 유일한 우군이라 할 수 있었던 인물이었다.

그런 잭 니퍼트 단장이 갑작스레 단장직에서 물러난 탓에 가뜩이나 줄어든 박건의 팀 내 입지가 더욱 줄어들 것임을 송이현도 충분히 짐작할 수 있었다.

그때, '독한 야구' 진행자의 멘트가 이어졌다.

"그럼 올 시즌 청우 로열스가 부진에서 벗어나면서 반등할 수 있는 계기를 찾을 수 있느냐? 이 질문을 던질 순서인 것 같군요. 청우 로열스가 반등할 수 있는 계기는 분명히 존재합니다. 부진의 원인을 해결하면 되니까요. 즉, 팀의 구심점 역할을 맡아줄 선수를 영입하면 된다는 뜻입니다."

'나도 그러고 싶거든요.'

송이현이 한숨을 내쉬었다.

메이저리그로 진출한 박건을 대신해서 새로이 팀의 구심점 역할을 맡아줄 선수를 청우 로열스로 영입하고 싶은 마음이 굴뚝같았다.

그렇지만 송이현이 실천으로 옮기지 못하고 있는 이유는 마땅한 적임자를 찾지 못했기 때문이었다.

그런 송이현의 속내를 읽기라도 한 것처럼 '독한 야구' 진행자가 이야기를 이어나갔다.

"그런데 이게 말처럼 쉽지 않습니다. 박건 선수를 대신해서 청우 로열스 팀의 구심점 역할을 맡아줄 정도로 기량이 뛰어난 선수는 극소수에 불과합니다. 그리고 이 극소수의 선수들은 대부분 타 팀에서 핵심 선수로 활약하고 있습니다. 그러니 다른 팀들에서 시즌 중에 순순히 핵심 선수들을 내어 줄 리가 없죠. 그렇다고 복권을 긁는 심정으로 아무 선수나 막 영입할 수도 없습니다. 어떻습니까? 얼핏 듣기에는 마땅한 방법이 없는 것처럼 느껴지시죠? 그렇지만 한 가지 방법은 있습니다. 그리고 제가 제시하려는 방법은… 박건 선수를 재영입하는 것입니다."

'박건 선수를 재영입하라고?'

'독한 야구' 진행자가 제시한 청우 로열스가 부진에서 벗어날 수 있는 해법.

송이현의 예상 범위를 훌쩍 벗어나 있었다.


"짝사랑은 그만두시는 게 좋을 것 같습니다. 박건 선수는 메이저리그에서 성공을 거둘 가능성이 무척 높으니까요."


미국 출장을 마치고 돌아왔던 제임스 윤이 건넸던 조언이었다.

물론 제임스 윤의 예측은 보기 좋게 빗나갔다.

박건은 메이저리그 적응에 어려움을 겪으면서 성공과는 한참 거리가 먼 힘겨운 시즌을 보내고 있었으니까.

어쨌든 제임스 윤이 당시에 건넸던 조언이 송이현이 박건의 재영입을 완전히 포기했던 이유였다.

그런데 팟 캐스트 방송 '독한 야구'의 진행자는 청우 로열스가 부진에서 탈출할 수 있는 해법으로 박건의 재영입을 주장했다.

'정말 박건 선수를 청우 로열스로 재영입하는 것이 가능할까? 그리고 박건 선수를 청우 로열스로 재영입했을 때, 지난 시즌만큼의 활약을 펼칠 수 있을까?'

그 주장을 들은 후 송이현이 퍼뜩 떠올린 두 가지 의문이었다.

현재 박건은 뉴욕 메츠 소속 선수였다.

박건을 영입하기 위해서 포스팅 금액으로 301만 달러, 그리고 연봉으로 70만 달러를 투자한 뉴욕 메츠가 박건을 순순히 놓아줄 가능성?

무척 낮았다.

또, 설령 박건을 청우 로열스로 재영입하는 데 성공한다고 하더라도 그가 지난 시즌만큼 임팩트 있는 활약을 보일 수 있을지 여부는 미지수였다.

뉴욕 메츠 소속 선수인 박건은 현재 타율이 5푼에도 한참 미치지 못하는 최악의 부진을 겪고 있었으니까.

그로 인해 송이현의 고민이 깊어졌을 때, '독한 야구' 진행자의 멘트가 이어졌다.

"자, 청우 로열스가 부진에서 탈출할 수 있는 해법을 제시했으니, 이제 과연 이 해법이 성사될 확률이 얼마나 되는가 여부를 따져볼 차례로군요. 박건 선수를 영입하기 위해서 371만 달러라는 거금을 투자한 뉴욕 메츠가 순순히 박건 선수를 놓아줄까요? 물론 그건 아닐 겁니다. 당연히 본전 생각이 날 테니까요. 그렇지만 뉴욕 메츠 입장에서는 심각한 부진에 빠져 있는 박건 선수와 계속 동행하는 것도 원치 않을 겁니다. 박건 선수의 부진 탈출은 기약이 없고, 그로 인해 출전 시간이 줄어든 지금, 뉴욕 메츠는 박건 선수로 인해 아까운 로스터 한 자리만 허비하고 있는 셈이니까요. 흔히 계륵이라고 표현하죠? 지금 박건 선수가 뉴욕 메츠 입장에서는 딱 계륵인 상황입니다. 따라서 뉴욕 메츠 구단주인 톰 힉스는 적당한 금액을 제시하는 구단이 나타난다면 기회를 놓치지 않고 박건 선수를 팀에서 내보낼 가능성이 높습니다. 그리고 또 하나 확신이 서지 않는 부분은 박건 선수를 청우 로열스로 재영입했을 때, 과연 지난 시즌만큼 임팩트 있는 맹활약을 펼칠 수 있는가 여부일 겁니다. 아시다시피 박건 선수는 새로운 리그인 메이저리그 적응에 어려움을 겪으면서 무척 부진한 모습을 보이고 있는 상황이니까요. 아니, 부진한 모습을 보이고 있다는 표현은 너무 부드러웠으니 정정하도록 하겠습니다. 박건 선수는 메이저리그 적응에 실패하면서 한마디로 죽을 쑤고 있는 상황이니까요."

"풋."

'독한 야구' 진행자가 정정한 멘트를 들은 송이현이 실소를 터뜨렸다.

이렇게 독설을 쏟아내는 것을 들으니 비로소 '독한 야구' 진행자답다는 생각이 들었기 때문이었다.

"그렇지만 이건 제가 장담하죠. 만약 박건 선수가 KBO 리그로 복귀한다면, 분명히 지난 시즌 못지않은 임팩트 있는 맹활약을 펼칠 겁니다. KBO 리그와 메이저리그의 수준 차이 때문에 이런 말씀을 드리는 것이 아닙니다. 박건 선수의 부진은 리그 수준 차이 때문이 아니라 여러 요인들 때문에 메이저리그라는 낯선 리그 적응에 실패했기 때문이니까요. 낯선 메이저리그가 아닌 익숙한 KBO 리그로 돌아간다면 박건 선수는 언제 그랬냐는 듯 금세 부진에서 벗어날 겁니다. 그래 봐야 결국 네 추측일 뿐이지 않느냐? 아마 이렇게 생각하시는 분들도 많으실 겁니다. 그렇지만 제가 KBO 리그로 복귀하는 박건 선수의 부활을 확신하고 있는 것은 막연한 추측이 아닙니다. 이미 선례가 있기 때문에 이렇게 확신을 갖고 말씀을 드리는 겁니다."

'선례? 그 선례가 대체 뭐지?'

송이현이 의아함을 품었을 때, '독한 야구' 진행자가 덧붙였다.

"제가 말씀드린 선례는… 이현수 선수입니다."

\*           \*           \*

슈아악.

따악.

슈악.

따악.

실내 훈련장에서 피칭머신을 상대하던 박건이 눈살을 찌푸렸다.

열에 아홉은 배트 중심에 잘 맞은 정타가 나오고 있는 상황.

평소였다면 타격 훈련 중에 정타를 때려낼 때마다 흥이 났을 것이었다.

그렇지만 오늘은 아니었다.

'이게… 대체 무슨 의미가 있지?'

자꾸 이런 생각이 들어서 전혀 흥이 나지 않았다.

또, 타격 훈련에 오롯이 집중하기 어려웠다.

훈련과 실전은 달랐다.

타격 훈련에서 아무리 많은 정타를 만들어내더라도 막상 실전에 돌입하면 정타가 나오지 않았으니까.

그리고 하나 더, 지금처럼 타격 훈련을 꾸준히 한다 해도 활용할 기회가 없었다.

박건의 부진이 길어지면서 경기 출전 기회는 확연히 줄어들었으니까.

그럼에도 불구하고 박건이 그동안 타격 훈련을 거르지 않았던 것은 훈련 루틴을 지키는 것이 몸에 밴 습관이나 마찬가지였기 때문이었다.

'의미 없다.'

슈아악.

파앙.

피칭 머신에서 또 하나의 공이 빠르게 쏘아져 나왔지만, 박건은 타격을 하는 대신 손에 쥐고 있던 배트를 내던졌다.

"왜 벌써 그만두는 것이냐?"

박건이 타격 훈련을 멈추자 이용운이 물었다.

"다른 할 일이 떠올라서요."

"다른 할 일? 영상 분석을 하려고?"

"아니요."

"그럼?"

"제 미래에 대해서 생각을 좀 해볼까 합니다."

"무슨 생각?"

"야구를 그만두고 나면 앞으로 뭘 해서 먹고살아야 할지 슬슬 고민해야 하지 않겠습니까?"

박건이 대답을 마친 후 실내 훈련장을 빠져나갔다.

원래 박건의 계획은 숙소에서 술을 한잔하면서 장래에 대한 고민을 하는 것이었는데.

그 계획은 예기치 못한 손님의 방문으로 인해 어그러졌다.

"오랜만이네요."

박건이 어깨를 축 늘어뜨린 채 실내 훈련장을 빠져나오자마자, 낯익은 목소리가 귓가로 파고들었다.

그 낯익은 목소리가 들려온 방향으로 고개를 돌리자, 송이현 단장의 모습이 보였다.

'꿈인가?'

불쑥 자신의 앞에 나타나 있는 송이현 단장의 모습을 확인한 순간, 박건이 가장 먼저 한 생각이었다.

"아얏."

꿈인지 현실인지 여부를 확인하기 위해 허벅지를 꼬집자 통증이 밀려들었다.

덕분에 꿈이 아니라는 것을 알게 된 박건이 두 눈을 크게 떴다.

'송이현 단장이 여기 왜 온 거지?'

가장 먼저 든 생각.

그러나 이내 의문은 사라지고, 그 빈자리를 반가움이 채웠을 때였다.

"몰랐는데 후배는 예의가 없는 편이군."

이용운이 지적했다.

"무슨 뜻입니까?"

"계속 그렇게 멀뚱멀뚱 서 있을 생각이냐?"

"……?"

"먼 길 온 송이현 단장에게 인사부터 건네야 할 것 아니냐?"

너무 놀란 나머지 송이현 단장에게 인사를 건네는 것도 깜박했다는 사실을 깨달은 박건이 뒤늦게 인사를 건넸다.

"단장님, 오랜만입니다."

"그동안 잘 지냈냐고 물으면 안 되겠죠?"

"……?"

"박건 선수가 잘 못 지냈다는 것, 저도 알고 있으니까요."

'내 상황이 안 좋다는 사실을 송이현 단장도 알고 있구나.'

박건이 씁쓸한 미소를 머금은 채 물었다.

"단장님은 잘 지내셨습니까?"

그 질문을 받은 송이현 단장이 눈을 흘겼다.

'왜?'

그녀의 눈 흘김을 받고서 박건이 살짝 당황했을 때, 송이현 단장이 푸념을 늘어놓았다.

"역시 짝사랑은 힘드네요."

"무슨 뜻입니까?"

"박건 선수는 여전히 청우 로열스에 관심이 없으니까요."

"……?"

"지금 청우 로열스의 리그 순위가 7위랍니다. 그런데 청우 로열스의 단장인 제가 잘 지낼 수 있었겠어요?"

'아!'

송이현 단장이 한숨을 푹 내쉬며 덧붙인 말을 듣고서 박건은 비로소 자신의 실수를 깨달았다.

'내가 너무 무심했네.'

제 코가 석 자인 상황.

그래서 박건은 전 소속 팀이었던 청우 로열스의 성적까지 신경을 쓸 여유가 없었다.

괜히 미안한 마음이 들어서 머리를 긁적이던 박건이 다시 물었다.

"그럼 여긴 어떻게 오신 겁니까?"

"비행기 타고 왔죠."

"……."

"썰렁했나요?"

"네."

박건이 썰렁했다고 지적하자 송이현 단장이 머쓱한 표정을 지었다.

잠시 후, 박건이 다시 물었다.

"혹시… 외국인 선수 교체 문제 때문에 미국에 찾아오신 겁니까?"

"그건 아니에요."

"그럼 왜 미국에 찾아오신 겁니까?"

박건의 질문을 받은 송이현이 대답했다.

"'독한 야구' 때문에요."

\*　　　　　\*　　　　　\*

'독한 야구?'

송이현 단장이 팟 캐스트 방송인 '독한 야구'에 대해 언급한 순간, 박건의 표정이 아련하게 변했다.

한동안 '독한 야구'에 대해서 까맣게 잊고 지냈던 상황.

그래서 무척 오래간만에 팟 캐스트 방송 '독한 야구'에 대해 듣고 나자, 새록새록 추억이 떠오른 것이었다.

그러나 아련한 감정은 얼마 가지 못했다.

박건은 이내 당혹스런 감정에 휩싸였다.

'혹시 내가 '독한 야구' 진행자였다는 사실을 뒤늦게 알아챈 게 아닐까? 그래서 지금 송이현 단장이 찾아온 게 아닐까?'

지난 시즌 청우 로열스가 통합 우승을 차지한 후, 팟 캐스트 방송 '독한 야구'는 더 이상 업데이트되지 않고 있었다.

그런데 송이현 단장이 예고도 없이 뉴욕까지 불쑥 찾아와서는 팟 캐스트 방송 '독한 야구'에 대해서 언급한 이유.

박건이 '독한 야구'의 진행자라는 사실을 뒤늦게 알아챘다는 것 외에는 달리 떠오르는 이유가 없었기 때문이었다.

"무슨 말씀이신지……?"

그로 인해 박건이 송이현의 눈치를 살피며 운을 뗐을 때였다.

"너무하네요."

송이현이 다시 서운한 감정을 드러냈다.

'내가 또 뭘 잘못한 거지?'

박건이 긴장하고 있을 때, 송이현 단장의 이야기가 이어졌다.

"'독한 야구' 방송을 듣자마자 바로 미국으로 건너온 거예요. 그런데 보아하니 박건 선수는 '독한 야구' 방송이 새로 업데이트됐다는 사실조차 모르는 것 같네요. 명색이 제게 '독한 야구'를 추천했던 장본인인데 너무 무심하다고 생각하지 않아요?"

'언제?'

송이현의 이야기를 들은 순간, 가장 먼저 든 생각.

그러나 이내 질문이 바뀌었다.

'누가?'

팟 캐스트 방송 '독한 야구'의 진행자는 박건이었다. 그리고 박건은 '독한 야구' 녹음을 한 적이 없었다.

그런데 어떻게 팟 캐스트 방송 '독한 야구'가 업데이트됐다는 것인지 도통 이해가 가지 않는 것이었다.

그때였다.

"후배가 했잖아."

이용운이 불쑥 끼어들었다.

"제가… 뭘 했단 겁니까?"

"'독한 야구' 녹음 말이야."

"언제요?"

박건이 억울한 표정으로 반문했을 때였다.

"쯧쯧, 어지간히 많이 마셨긴 했구나."

"……?"

"필름이 끊겨서 녹음을 했다는 사실조차 기억하지 못하는 걸 보니."

'내가 진짜 녹음을 했다고?'

이용운의 추측대로였다.

박건은 '독한 야구' 녹음을 했다는 것을 전혀 기억하지 못하고 있었다.

그렇지만 '독한 야구' 녹음을 하긴 한 것 같았다.

'독한 야구'가 새로 업데이트됐다는 것이, 또 새로 업데이트된 '독한 야구' 방송을 듣고 송이현 단장이 여기 찾아와 있다는 것이 증거였다.

'언제?'

'누가?'라는 질문에 대한 답을 찾고 나자, 비로소 '언제?'라는 질문으로 다시 돌아올 수 있었다.

"제가 언제 녹음을 했습니까?"

"언제긴 언제야? 위스키를 보리차처럼 마셨던 날이지."

'잭 니퍼트 단장의 사임 소식을 들었던 날.'

얼마 지나지 않아 '언제?'라는 질문에 대한 답을 찾아내는 데 성공한 박건이 불안감을 느꼈다.

이용운은 어디로 튈지 모르는 럭비공 같은 귀신.

박건의 필름이 끊긴 사이, 이용운이 '독한 야구' 녹음 중에 어떤 이야기를 했을지 전혀 감이 오지 않았기 때문이었다.

'대체 무슨 이야기를 했길래 송이현 단장이 뉴욕까지 찾아온 거지?'

프로야구 단장은 바빴다.

특히 여러 돌발 변수가 발생할 수 있는 시즌 중에는 더욱 바빴다.

그럼에도 불구하고 송이현 단장이 직접 뉴욕까지 찾아왔다는 것은 무척 중요한 용무가 있기 때문일 터.

"대체 무슨 이야기를 한 겁니까?"

박건이 불안함을 이기지 못하고 질문하자, 이용운에게서 바로 대답이 돌아왔다.

"이런저런 이야기를 했지."

"그러니까 어떤 이야기요?"

"후배를 위한 이야기가 주를 이뤘지."

"저를 위한 이야기요?"

잠시 후, 이용운이 덧붙였다.

"후배가 야구를 포기하지 않도록 만들기 위해서 '독한 야구'를 녹음했었다."

*        *        *

"뉴욕 메츠 구단주인 마이클 힉스를 만나서……."

송이현 단장이 용건을 밝힐 때, 박건이 제지했다.

"단장님, 저한테 잠시만 시간을 주십시오."

"무슨 시간이요?"

"제가 직접 들어봐야겠습니다."

이용운은 '독한 야구' 녹음 중에 박건을 위한 이야기를 주로 했다고 밝혔다.

그러나 그 이야기를 들었음에도 불안감이 전부 사라진 것은 아니었다.

해서 박건은 직접 새로 업데이트된 '독한 야구' 방송을 들어보기로 결심한 것이었다.

송이현 단장에게 양해를 구한 후, 박건이 '독한 야구'를 재생했다.

"낯선 메이저리그가 아닌 익숙한 KBO 리그로 돌아간다면 박건 선수는 언제 그랬냐는 듯 금세 부진에서 벗어날 겁니다. 그래 봐야 결국 네 추측일 뿐이지 않느냐? 아마 이렇게 생각하시는 분들도 많으실 겁니다. 그렇지만 제가 KBO 리그로 복귀하는 박건 선수의 부활을 확신하고 있는 것은 막연한 추측이 아닙니다. 이미 선례가 있기 때문에 이렇게 확신을 갖고 말씀을 드리는 겁니다. 제가 말씀드린 선례는 이현수 선수입니다. KBO 리그에서 뛸 당시, 이현수 선수의 별명이 무엇이었는지 많은 분들이 아실 겁니다. 바로 '타격 머신'이었습니다. 정교한 타격 능력을 선보이면서 KBO 리그 최고의 외야수로 명성을 날렸죠. 그 활약을 인정받은 이현수 선수는 많은 국내 팬들의 기대와 응원을 받으며 메이저리그 도전에 나섰습니다. 그러나 메이저리그 도전에 나섰던 이현수 선수의 활약상은 국내 팬들의 기대치에 한참 미치지 못했습니다. 0.185. 메이저리그에서 약 200여 타석에 들어섰던 이현수 선수가 기록한 타율이었습니다. 0.227. 그리고 이것은 이현수 선수가 마이너리그에서 기록한 타율이었습니다. KBO 리그에서 뛸 당시 꾸준히 3할대 중반의 타율을 기록했던 이현수 선수의 타율은 메이저리그에 진출한 후 눈에 띄게 급전직하했죠. 아, 물론 이현수 선수가 메이저리그에서 죽을 쑤긴 했지만, 그래도 박건 선수보다는 죽을 덜 쑤었다는 것은 부인할 수 없는 팩트입니다."

'쩝.'

팩트 폭행을 당한 박건이 입맛을 다셨을 때였다.

"어쨌든 중요한 것은 이현수 선수가 KBO 리그에 복귀한 후에 보이는 활약상입니다. 0.415, 비록 시즌 초반이긴 하지만 이현수 선수는 현재 KBO 리그 타율 1위를 달리고 있습니다. 이게 무엇을 의미하는 걸까요? 메이저리그와 KBO 리그의 수준 격차가 무척 크다는 걸 의미할까요? 제 생각은 다릅니다. 이현수 선수는 KBO 리그에 복귀한 후 여전히 '타격 머신'다운 모습을 선보이고 있습니다. 기량은 여전하다는 거죠. 아니, 오히려 메이저리그에 도전했다가 복귀한 후 더욱 기량이 상승한 것처럼 보입니다. 그리고 이현수 선수의 기량이 메이저리그 도전 실패 후 오히려 상승한 것은 절치부심했기 때문입니다. KBO 리그 시절 이현수 선수는 이미 최고의 타자였습니다. 그러니 더 이상 도전할 것이 없었죠. 그냥 하던 대로 해도 항상 KBO 리그 최고의 타자였기 때문입니다. 그런데 메이저리그에 진출한 후에는 상황이 달라졌습니다. 그냥 하던 대로 했더니 말 그대로 죽을 썼거든요. 메이저리그 적응 실패를 경험한 이현수 선수는 부진에서 벗어나기 위해서 절치부심했을 것이고, 이게 이현수 선수가 메이저리그 도전에 실패하고 돌아왔음에도 올 시즌에 더 발전된 모습을 보이는 이유입니다. 그리고 제 생각에는 박건 선수 케이스도 대동소이합니다. 예상치 못한 부진을 겪으면서 메이저리그 적응에 실패한 박건 선수 역시 절치부심했을 겁니다. 그 과정에서 기량이 후퇴한 게 아니라 오히려 더 상승했을 겁니다. 그러니 박건 선수가 익숙한 환경의 KBO 리그로 복귀할 경우, 이현수 선수처럼 더 좋은 활약을 펼칠 가능성이 무척 높습니다."

박건의 눈시울이 붉어졌다.

"이제 다 끝난 것 같습니다."

메이저리그 데뷔 후 부진이 길어지면서 출전 기회가 점점 줄어들고, 잭 니퍼트 단장의 사임 소식까지 들었을 때, 박건은 자포자기 상태였다.

필름이 완전히 끊길 때까지 위스키를 들이붓듯 마셨던 것도 자포자기한 심정이었기 때문이었다.

그렇지만 이용운은 달랐다.

그는 끝까지 포기하지 않았다.

박건이 계속 야구를 할 수 있도록 필사적으로 방법을 찾아냈다.

'독한 야구' 녹음을 한 것. 또, 이현수라는 선례를 찾아낸 것.

이용운이 그동안 필사적으로 노력했다는 증거였다.

그동안 전혀 알지 못했던 이용운의 노력이 박건의 가슴을 울컥하게 만든 것이었다.

"저기……."

"왜 그러십니까?"

"혹시… 우는 건가요?"

"네? 그게……."

"이상하다. 제가 들어봤던 '독한 야구' 내용 중에 눈물을 흘릴 만큼 슬프거나 감동적인 내용은 없었던 것 같은데……."

박건의 눈시울이 붉어졌다는 것을 알아챈 송이현 단장이 고개를 갸웃하며 덧붙였다.

"그동안 많이 힘들긴 했나 보네요."

"……."

"'독한 야구' 방송을 듣고서 우는 걸 보니까요."

그 이야기를 듣고 괜히 멋쩍어진 박건이 서둘러 재생 버튼을 다시 눌렀다.

"자, 오늘 방송은 여기까지입니다. 그리고 '독한 야구'의 마지막 방송도 끝났네요. 아쉬운가요? 그럼 마지막으로 한마디만 더 하겠습니다. 송이현 단장, 혹시 이 방송을 듣고 있다면 빨리 움직이세요. 박건 선수를 놓치기 싫다면 서둘러야 할 겁니다."

*　　　　*　　　　*

팟 캐스트 방송 '독한 야구'가 진짜 끝이 났을 때였다.

"이제 이동할까요?"

송이현 단장이 입을 뗐다.

"어디로 이동하자는 겁니까?"

"계속 길바닥에 서 있을 수는 없으니까요."

박건이 뒤늦게 실수를 알아챘을 때였다.

"근처에 괜찮은 펍이 있어요. 거기서 맥주를 마시면서 얘기를 계속하죠. 물론 맥주는 제가 삽니다."

송이현 단장이 근처 펍으로 이동해서 이야기를 계속하자고 제안했다.

그렇지만 박건은 그녀의 제안을 거절했다.

"펍 말고 다른 곳으로 가시죠."

"그럼 어디로 갈까요?"

"근처 패밀리 레스토랑에서 식사를 하시죠. 지금 제 상황이 팔자 편하게 술을 마실 때는 아닌 것 같아서요."

"그럼 그렇게 해요."

"제가 안내하겠습니다."

박건이 앞장서서 걸음을 옮기려 했을 때였다.

"이거 좀 같이 들어줄래요?"

송이현 단장이 아까부터 바닥에 놓여 있던 커다란 비닐 백 두 개를 손으로 가리키며 부탁했다.

"이게 뭡니까?"

"보다시피 짐이에요."

"무슨 짐을 이렇게 많이 가져오신 겁니까?"

"제 짐 아니거든요."

"네?"

"박건 선수 짐이에요."

"이게 제 거라고요?"

'뭐지?'

박건이 커다란 비닐 백 속에 담겨 있는 내용물에 관심을 가졌을 때였다.

"곧 알게 될 거예요. 빨리 자리부터 옮기죠."

송이현의 재촉을 받은 박건이 크고 묵직한 비닐 백 두 개를 양손에 나눠 들고 앞장서서 걸음을 옮기기 시작했을 때였다.

"술을 마시는 대신 밥을 먹으려는 걸 보니 이제 좀 정신을 차린 것 같구나."

이용운이 흡족한 목소리로 말했다.

"선배님이 이렇게 노력하고 계시다는 걸 알게 되고 나니까 도저히 제가 먼저 포기할 수가 없네요."

"좋은 자세다. 포기는 배추를 셀 때나 쓰는 말이다."

"……."

"썰렁했냐?"

"문득 그런 생각이 들었습니다."

"어떤 생각?"

"팟 캐스트에서 너튜브로 활동 무대를 변경한다고 해도 선배님의 방송이 과연 성공할 수 있을까 하는 생각이요."

이용운과 시답잖은 대화를 나누는 사이, 패밀리 레스토랑에 도착했다.

우선 주문을 마친 후 박건이 송이현을 바라보았다.

"이제 아까 하던 말씀을 마저 하시죠. 조금 전에 뉴욕 메츠 구단주를 만날 계획이라고 말씀하셨던 것 같은데요."

"맞아요. 제가 뉴욕을 찾아온 이유는 뉴욕 메츠 구단주인 톰 힉스를 만나기 위해서예요."

"왜 톰 힉스 구단주를 만나시려는 겁니까?"

"'독한 야구' 진행자의 조언 때문이죠."

"조언… 이요?"

"아까 마지막 '독한 야구' 방송, 박건 선수도 들었잖아요? '독한 야구' 진행자가 방송 말미에 이런 조언을 했었죠. 송이현 단장, 혹시 이 방송을 듣고 있다면 빨리 움직이세요. 박건 선수를 놓치기 싫다면 서둘러야 할 겁니다, 라고."

"그 말씀은… 청우 로열스로 저를 재영입할 의사를 갖고 계시다는 뜻입니까?"

"맞아요."

"저를 재영입하시려는 이유는……?"

"몇 가지 이유가 있는데… 우선 제가 '독한 야구' 진행자를 무척 신뢰하거든요."

송이현 단장이 말을 마친 순간, 이용운이 흐뭇한 목소리로 말했다.

"열혈 팬이 생긴 걸 보니 그동안 열심히 '독한 야구' 녹음을 했던 것이 아주 헛수고는 아니었구나."

그 이야기를 들은 박건도 수긍했다.

'독한 야구'가 새로 업데이트된 시간은 불과 며칠 전.

그런데 불과 며칠 만에 송이현 단장이 뉴욕에 도착해 있는 것이 그녀가 '독한 야구'의 열혈 팬이라는 증거였기 때문이었다.

"또 하나의 이유는 상황이 여유롭지 않아서예요. 아시다시피, 아니, 박건 선수는 잘 모르겠지만 올 시즌 청우 로열스가 처해 있는 상황이 결코 좋지 않거든요. 현재 청우 로열스의 리그 순위는 7위, 그렇지만 계속 연패를 거듭하고 있으니까 얼마 지나지 않아 순위가 더 하락할 수도 있어요. 비록 시즌 초반부이긴 하지만, 빨리 반등의 계기를 마련하지 못하면 지난 시즌 통합 우승을 차지했던 청우 로열스가 올 시즌에는 가을야구에도 참가하지 못할 가능성이 높아요. 최대한 이른 시간에 청우 로열스가 반등할 수 있는 어떤 계기를 마련해야 하는 상황이고, 제가 판단한 반전의 계기는 박건 선수를 청우 로열스로 재영입하는 것입니다."

'송이현 단장은… 아직 날 믿어주는구나.'

자신을 믿어주는 사람을 다시 만난 후 박건의 가슴이 뜨거워졌을 때였다.

"세 번째이자 마지막 이유는 박건 선수에 대한 애정 때문이에요. 이렇게 끝나기에는 박건이란 선수가 너무 아깝거든요. 어때요? 고맙죠?"

"…감사합니다."

"아직 끝이 아니에요."

"네?"

"제게 고마워할 일이 아직 끝이 아니라는 뜻이에요."

송이현 단장이 생긋 웃으며 물었다.

"그런데 왜 안 드세요?"

"네?"

"주문한 음식이 도착한 지 한참 됐는데도 아직 입에도 대지 않았잖아요."

"그건……."

"느끼하죠?"

박건이 쓴웃음을 지은 채 고개를 끄덕였다.

계속 햄버그와 스테이크를 비롯한 양식을 먹다 보니 질린 지 오래였다.

"김치가 그립죠?"

"솔직히 그립습니다."

"그래서 준비했어요."

"네?"

"김치를 준비해 왔다고요."

송이현 단장은 농담을 던진 것이 아니었다.

커다란 비닐 백을 뒤지던 송이현 단장은 김치가 들어 있는 밀폐 용기를 꺼내서 탁자 위에 올려놓았다.

"이걸 어떻게……?"

"박건 선수가 한국 음식을 먹고 싶어 할 것 같아서 일부러 챙겨 왔어요. 어때요? 김치를 보니까 더 고맙죠?"

"네? 네."

"에이, 생색은 이제 그만 내야겠다. 난 그냥 전달만 하는 것뿐이니까요."

"……?"

"이 김치, 박건 선수 어머님이 담그신 거예요."

"어머니… 가요?"

"김치만이 아니에요. 그 비닐 백에 들어 있는 것, 전부 어머님이 만드신 밑반찬들이에요. 박건 선수에게 꼭 전해달라고 제게 부탁하셨어요."

'그랬구나.'

"제 짐 아니거든요. 박건 선수 거예요."

비로소 아까 송이현이 했던 말이 이해가 갔다.

잠시 후, 박건이 밀폐 용기의 뚜껑을 열고 포크로 김치 한 조각을 집어서 입으로 가져갔다.

아삭.

'맛있다.'

아삭거리는 김치를 씹은 순간, 익숙한 어머니의 손맛이 느껴졌다.

"어머니는… 잘 계시죠?"

"그동안 연락 안 해봤어요?"

"당연히 연락했습니다."

미국에 건너온 후 박건은 한국에서 지낼 때보다 더 자주 어머니에게 안부 전화를 했다.

혼자 한국에 남겨진 어머니가 신경이 쓰였기 때문이었다.

"그런데 왜 잘 계시냐고 내게 물은 거예요?"

"믿을 수가 없어서요."

"……?"

"항상 잘 지낸다는 말씀만 하시거든요."

박건이 한숨을 내쉬며 덧붙였다.

"엄마는 괜찮아. 그러니까 엄마는 신경 쓰지 마."

박건과 통화할 때마다 어머니는 항상 괜찮다는 말씀만 했다.

아들에게 걱정을 끼치고 싶지 않기 때문이리라.

"으음, 제가 가까이서 지켜본 박건 선수의 어머니는 대체로 잘 지내고 계세요."

송이현에게서 어머니의 근황을 전해 들은 박건이 안도의 한숨을 내쉬었다.

그러나 그도 잠시, 박건이 표정을 굳혔다.

송이현의 대답 도중에 흘러나온 '대체로'라는 표현이 신경에 거슬렸기 때문이었다.

　그때, 송이현이 말을 이었다.

　"장사가 잘돼서인지 표정이 더 밝아지셨어요. 그리고 손님들과 대화하는 시간도 늘면서 무척 즐거워하세요. 건강도 무난하신 것 같고요. 다만……."

　"다만 뭡니까?"

　"가끔씩 표정이 어두워지실 때가 있어요."

　"혹시 무슨 이유 때문이지도 아십니까?"

　"박건 선수요."

　"네?"

　"어머니의 표정이 어두워지시는 것, 박건 선수 때문이라고요."

　예상치 못한 대답에 박건이 당황했을 때, 송이현 단장이 휴대전화를 앞으로 내밀었다.

　"이 기사 한번 보세요."

제2장

　송이현 단장이 앞으로 내민 휴대전화를 건네받은 박건이 화면
에 떠올라 있는 기사의 제목을 우선 확인했다.

　〈KBO 리그와 메이저리그의 수준 차가 확연하다는 것을 증명한
박건의 무모한 메이저리그 도전.〉

　자신에 관한 기사임을 박건이 확인하고 기사 내용을 읽으려
했을 때였다.
　"스크롤을 내려서 댓글을 보세요."
　송이현이 시키는 대로 박건이 스크롤을 아래로 내려 기사 하
단에 달려 있는 댓글들을 읽기 시작했다.

―처음부터 말도 안 되는 무모한 도전이었음.

―여기서 얻은 교훈. 주제 파악을 못 한 자의 최후는 비참하다.

―박건 때문에 앞으로 KBO 리그 선수들의 메이저리그 진출길이 막혔음.

―민폐왕.

예상했던 대로 기사 하단에 달려 있는 댓글들은 비난 댓글이 대부분이었다.

―박건이 메이저리그에서 성공하면 내가 손가락에 장을 지진다고 했었지? 이거 장을 지지고 싶어도 지질 수가 없네.

그 비난 댓글들 중에서도 박건의 시선을 사로잡은 댓글이었다.

―박건이 메이저리그에서 성공하면 내 손에 장을 지지겠다.

박건이 포스팅 시스템을 통해서 메이저리그에 진출한다는 기사 하단에 달렸던 댓글 중 하나였다.

이 두 댓글을 쓴 네티즌의 아이디가 낯이 익었다.

메이저리그에서 성공을 거둔 후 꼭 찾아가서 손가락에 장을 지지게 만들겠다는 각오를 다지면서 박건이 그 댓글을 작성했던 네티즌의 아이디를 기억해 두었기 때문이었다.

'이 자식이.'

박건의 눈썹이 꿈틀거렸다.

승부욕이 솟구쳤기 때문이었다.

그때, 송이현이 입을 뗐다.

"박건 선수의 어머니도 보셨어요."

그 이야기를 들은 박건이 질문했다.

"뭘 보셨단 겁니까?"

"기사에 달린 댓글들이요."

"왜… 안 말리셨습니까?"

어머니가 기사 하단에 달려 있는 댓글들을 봤다는 사실을 알게 된 박건의 낯빛이 어둡게 변했다.

박건을 향한 비난 일색인 댓글들을 읽은 어머니의 마음이 얼마나 아팠을지 감히 짐작조차 가지 않았기 때문이었다.

해서 송이현 단장에게 왜 말리지 않았냐고 따지듯 물었을 때였다.

"말렸어요."

"……?"

"가능하면 기사에 달린 댓글은 읽지 않으셨으면 한다고 여러 차례 말씀드렸어요. 그렇지만 어머니께서 몰래 보신 것 같아요."

"왜……?"

"자식의 일이라면 그게 무엇이든 궁금한 게 어머니의 마음이니까요."

후우.

박건이 답답한 마음에 한숨을 내쉰 순간, 송이현이 다시 입을 뗐다.

"이 음식들 말고 어머니께서 박건 선수에게 전해달라고 부탁한 것이 하나 더 있어요."

"또 무엇입니까?"

"당신 말씀을 전해달라고 했어요."

"어떤 말씀입니까?"

"당신과 하셨던 약속을 꼭 지켜달라고 말씀하셨어요."

"약속… 이요?"

"절대 포기하지 않는다는 약속."

송이현 단장이 말을 마치기 무섭게 박건의 얼굴이 벌겋게 달아올랐다.


"절대 야구를 포기하지 않을 겁니다. 그건 약속드릴게요."


이용운과 영혼의 파트너가 된 후, 야구선수로 성공할 수 있다는 자신감을 얻었던 박건이 어머니와 했던 약속이었다.

그로부터 약 일 년의 시간이 흘렀을 뿐인데, 박건은 당시에 어머니와 했던 약속을 까맣게 잊고 있었다.

또, 어머니와 했던 약속을 지키지 못할 뻔했다.

불과 얼마 전까지만 해도 박건은 자포자기했던 상태였으니까.

야구를 포기하려 했던 자신이 부끄럽고 또 한심하게 느껴졌다.

해서 박건이 자책하고 있을 때, 송이현 단장이 물었다.

"자신 있어요?"

그 질문을 받은 박건이 되물었다.

"무슨 자신이 있냐고 말씀하시는 겁니까?"

"잘할 자신이요."

"……?"

"청우 로열스로 복귀했을 때, 지난 시즌 못지않은, 아니, 지난 시즌보다 더 뛰어난 활약을 펼칠 자신이 있느냐고 물은 거였어요."

비로소 말뜻을 이해한 박건이 지체 없이 대답했다.

"자신 있습니다."

＊　　　　＊　　　　＊

"자, 다 됐습니다. 드시죠."

식탁 위에 보글보글 끓는 김치찌개가 담긴 냄비를 올려놓으며 박건이 말했다.

"아까 저녁 먹었는데 또 먹어?"

이용운이 식탁 위에 거하게 차려진 박건의 어머니표 음식들을 확인하고 놀란 목소리로 물었다.

"잘 먹어야 야구를 잘할 수 있죠."

박건이 웃으며 대답하자 이용운도 웃음기 섞인 목소리로 말했다.

"야구 그만두고 뭘 할지 고민해 보겠다고 말한 게 누구였더라?"

"접니다."

"그런데?"

"생각이 바뀌었습니다."

"왜 갑자기 생각이 바뀌었지?"

"상황이 바뀌었으니까요."

뉴욕으로 불쑥 찾아온 송이현 단장과의 만남.

그 만남으로 인해 상황이 급변했다.

청우 로열스로 복귀할 수 있는 길이 열렸으니까.

그리고 박건의 생각이 바뀐 데는 한 가지 이유가 더 있었다.

어머니와 했던 약속을 지켜야 했기 때문이었다.

"선배님, 감사합니다."

박건이 숟가락을 들기 전, 이용운에게 감사 인사를 건넸다.

송이현 단장은 갑자기 뉴욕으로 찾아온 것이 아니었다.

그녀가 뉴욕을 찾아와 박건을 청우 로열스로 재영입하겠다는 의사를 밝힌 데는 이용운의 역할이 무척 컸다.

자신을 위해서 이용운이 많은 노력을 기울였다는 사실을 뒤늦게 알고 나자 고마운 마음이 드는 것.

당연지사였다.

"고마우면 잘해라."

"선배님한테 더 잘하란 말씀인가요?"

"아니. 야구를 잘하란 뜻이었다."

"잘할 겁니다. 청우 로열스로 복귀한다면 정말 잘할 겁니다."

박건이 다부진 각오를 밝혔을 때, 이용운이 불쑥 물었다.

"누가 청우 로열스로 복귀하래?"

"청우 로열스로 복귀하는 것, 아닙니까?"

박건이 의아한 표정으로 되묻자, 이용운이 언짢은 목소리로 타박했다.

"사내자식이 칼을 잡았으면 무라도 베야 할 것 아냐?"

"……?"

"이렇게 KBO 리그로 복귀하는 것, 너무 쪽팔리지 않아?"

박건의 얼굴이 화끈 달아올랐다.

주변의 만류를 뿌리치고 박건은 메이저리그에 도전장을 던졌다.

그렇지만 메이저리그 도전에 나섰던 박건이 남긴 족적은 초라하기 그지없었다.

오 푼에도 한참 미치지 못하는 메이저리그 역사의 한 페이지에 남을 한심한 성적을 남기고 KBO 리그로 복귀하는 것.

박건도 내키지 않았다.

또, 이용운의 말처럼 쪽팔렸다.

그렇지만 박건이 KBO 리그로 복귀하는 것을 결심한 이유는 달리 선택의 여지가 없었기 때문이었다.

그때, 이용운이 다시 말했다.

"내가 왜 송이현 단장을 뉴욕으로 불러들인 줄 알아?"

"청우 로열스로 복귀해서 제가 야구를 계속할 수 있는 길을 열어주시기 위함이 아니었습니까?"

"아냐."

"아니라고요?"

"내가 송이현 단장을 뉴욕에 불러들인 진짜 이유는 따로 있다."

"그 진짜 이유가 대체 뭡니까?"

이용운이 대답했다.

"후배의 구겨진 자존심을 다시 회복할 수 있는 기회를 얻기 위해서였다."

*            *            *

'내 자존심 회복을 위해서라고?'

이용운이 지금 하고 있는 이야기가 잘 이해가 되지 않았다.

필름이 끊긴 사이에 이용운이 '독한 야구' 녹음을 해서 송이현 단장에게 자신의 재영입을 추천했던 것.

당연히 KBO 리그에서 뛸 수 있는 길을 열어주기 위함이라고 판단했다.

그렇지만 이용운은 박건의 짐작이 틀렸다고 말하고 있었다.

"잘 생각해 봐라. 만약 후배가 이대로 KBO 리그로 복귀하면 후배의 구겨진 자존심을 회복할 수 있을까?"

"그건……."

청우 로열스로 복귀해서 뛰어난 활약을 펼치면 구겨진 자존심을 회복할 수 있을 것이라고 대답하려 했던 박건이 도중에 입을 다물었다.

KBO 리그로 복귀해서 아무리 좋은 활약을 펼친다고 하더라도 구겨진 자존심을 회복하는 것은 힘들 거란 생각이 퍼뜩 들어서였다.

그리고 박건이 이렇게 판단한 이유는 선례 때문이었다.

'독한 야구'에서 이용운이 언급했던 선례인 이현수.

메이저리그 도전에 나섰다가 실패하고 KBO 리그로 복귀한 이현수는 올 시즌 맹활약을 펼치고 있었다.

그렇지만 이현수가 KBO 리그에서 아무리 맹활약을 펼쳐도 그의 구겨진 자존심을 회복되지 않았다.

'실패자', 'KBO 리그용 선수', '도망자'.

이런 수식어들이 그의 이름 앞에 계속 따라다녔기 때문이었다.

"아무래도… 자존심 회복은 어렵겠네요."

해서 박건이 대답을 바꾸자, 이용운이 덧붙였다.

"메이저리그에서 5푼에 한참 못 미치는 역대급 타격 성적을 기록하고 KBO 리그로 도망친 선수."

"……?"

"이런 꼬리표가 평생 후배를 따라다닐 것이다."

'쩝.'

이용운의 부연을 들은 박건이 입맛을 다셨다.

청우 로열스로 복귀하면 야구를 계속할 수 있었다.

송이현 단장을 만난 후, 일단은 야구를 계속할 수 있게 됐다는 것만으로도 만족했다.

그런데 이용운의 말대로라면 주제 파악도 못 하고 무모하게 메이저리그에 도전했다가 실패하고 KBO 리그로 도망친 선수라는 비난이 쏟아질 것이었다.

그리고 이 비난은 박건이 KBO 리그에 복귀해서 아무리 좋은 활약을 펼치더라도 사라지지 않을 터.

그로 인해 박건의 가슴이 답답해졌을 때였다.

"뼈를 묻을 각오로 도전하겠습니다."

"……?"

"미국으로 건너오기 전, 공항에서 후배가 꺼냈던 출사표다. 기억하지?"

"어렴풋하게… 기억은 납니다."

새로운 도전을 위해서 출국을 앞두고 있었던 상황이라, 당시의 박건은 긴장하고 또 흥분한 상태였다.

그래서 메이저리그 도전에 나서는 각오를 밝혀달라는 기자에게 무심코 뼈를 묻겠다는 각오를 밝혔던 것이었다.

'그런데 갑자기 왜 그 이야기를 꺼내는 거지?'

박건이 의문을 품었을 때, 이용운이 덧붙였다.

"당시에 후배가 밝혔던 각오를 바탕으로 기자가 기사를 작성했다. 그 기사 제목이 뭔지 궁금하지 않아?"

"기사 제목이 뭡니까?"

"월드시리즈 우승 전에 KBO 리그 복귀는 없다. 배수진을 치고 떠나는 박건."

"……?"

"그 기사의 제목이다."

후우.

박건이 부지불식간에 한숨을 내쉬었다.

뼈를 묻을 각오로 도전하겠다는 각오를 밝혔을 뿐인데.

기사의 제목은 월드시리즈 우승 전에 KBO 리그 복귀는 없다는 출사표를 던진 것으로 바뀌어 있었다.

'너무한 것 아냐?'

기자들에게 가장 중요한 것은 기사의 조회수.

기사의 조회수를 끌어 올리기 위해서 자극적인 기사 제목을 붙이는 편이라는 것쯤은 박건도 알고 있었다.

그렇지만 이건 너무 심했다는 생각이 들어서 박건의 표정이 어두워졌다.

'이대로 KBO 리그로 복귀하면, 이 기사가 다시 화제가 되고도 남겠네.'

네티즌들은 아주 집요했다.

박건이 메이저리그 도전에 실패하고 KBO 리그로 복귀한다는 소식을 들으면 분명히 이 기사를 찾아낼 터.

월드시리즈 우승은커녕 주전 경쟁에서도 밀려서 KBO 리그로 복귀한 박건에게는 갖은 비난이 쏟아지리라.

'그래도… 달리 선택의 여지가 없잖아.'

박건이 선택의 여지가 없다고 판단해서 그 비난을 감수하기로 결심했을 때였다.

"후배가 청우 로열스로 복귀하는 것은 최악의 패다."

이용운이 말했다.

'최악의 패라고?'

그 이야기를 들은 박건이 호기심을 느꼈다.

청우 로열스로 복귀하는 것 외에 달리 선택의 여지가 없다.

박건은 이렇게 판단하고 있었다.

그런데 이용운의 생각은 달랐다.

그는 박건이 청우 로열스로 복귀하는 것이 최악의 패라고 밝했다.

즉, 다른 선택의 여지가 있다는 의미였다.

잠시 후, 박건이 호기심을 이기지 못하고 질문했다.

"그럼 최상의 패는 대체 뭡니까?"

*        *        *

"최상의 패는 메이저리그에서 계속 도전을 이어나가는 거지."

이용운이 대답을 꺼낸 후 박건의 반응을 살폈다.

예상대로 박건은 실망한 기색을 드러내고 있었다.

'실현 가능성이 없는 희망 사항일 뿐이다.'

박건이 실망한 표정을 짓고 있는 이유였다.

"그게 어떻게 가능합니까?"

잠시 후, 박건이 고개를 절레절레 흔들며 물었다.

"인생 모른다고 했잖아."

이용운이 대답했지만, 박건은 수긍하지 않았다.

"물론 인생은 모르는 법이죠. 제가 메이저리그에 진출해서 뉴욕 메츠 소속 선수가 됐다는 게 인생은 모른다는 증거이긴 합니다. 그래도 가끔씩은 답이 정해져 있는 것도 있습니다. 메이저리그 데뷔 후에 타율이 일 할, 아니, 오 푼에도 한참 미치지 못하는 제게 메이저리그 어느 구단이 다시 도전할 수 있는 기회를 주겠습니까?"

절대 기회가 주어질 리가 없다고 확신에 찬 목소리로 말하는 박건에게 이용운이 다시 말했다.

"비슷하다."

"뭐가 비슷하다는 겁니까?"

"내가 후배를 처음 만났을 때와 비슷한 상황이라고 생각하지 않아?"

처음 영혼의 파트너가 됐을 당시, 박건의 상황은 좋지 않았다.

한성 비글스 1군이 아닌 2군에 머물고 있었고, 2군에서도 두각을 드러내지 못하며 주전 경쟁에서 밀려 있었으니까.

"지금이 좀 더 상황이 안 좋은 것 같은데요."

박건이 잠시 고민한 후 대답했지만, 이용운은 고개를 흔들었다.

"도긴개긴이다."

"그런… 가요?"

"이번에도 그때처럼 반등의 계기를 마련할 수 있다."

"반등의 계기라……."

그 말을 되뇌던 박건이 질문했다.

"그 반등의 계기가 뭡니까?"

"이미 반등의 계기는 찾아왔다."

"언제요?"

박건이 금시초문이란 표정으로 질문한 순간, 이용운이 대답했다.

"잭 니퍼트 단장의 사임이 반등의 계기다."

*　　　　*　　　　*

'너무 일러.'

잭 니퍼트 단장이 일신상의 이유로 단장직에서 물러났을 때, 이용운은 아쉬움을 느꼈다.

예상보다 잭 니퍼트가 단장직에서 물러나는 시기가 빨리 찾아왔기 때문이었다.

잭 니퍼트 단장은 박건에게 유일한 우군이었던 상황.

그 유일한 우군마저 사라져 버린 것이 아쉽게 느껴졌던 것이었다.

그렇지만 이용운은 곧 아쉬움을 떨쳐냈다. 그리고 잭 니퍼트 단장이 예상보다 이른 시점에 단장직에서 물러난 것이 오히려 박건에게는 다행이라는 생각을 했다.

'어차피 도움이 안 됐어.'

잭 니퍼트 단장과 미겔 카브레라 감독은 꾸준히 불협화음을 내고 있었다.

그렇지만 두 사람 사이 대립의 무게 추는 이미 미겔 카브레라 감독으로 한참 기울어졌던 상태였다.

잭 니퍼트 단장의 입김이 더 이상 먹혀들지 않던 뉴욕 메츠 팀 내 상황.

게다가 잭 니퍼트는 알츠하이머를 앓으면서 제대로 된 의사 결정을 내리지 못하는 상황이었기에 별 도움이 되지 않은 것이었다.

그리고 이용운이 잭 니퍼트가 단장직에서 물러난 것이 박건에게 다행이라고 판단한 이유는 상황이 또 한 번 변했기 때문이었다.

프런트의 수장인 잭 니퍼트 단장이 갑자기 사임한 상황.

새로운 단장을 선임할 때까지는 시간이 걸릴 수밖에 없었다. 그리고 새 단장이 선임되기 전까지 누군가는 잭 니퍼트의 공백을 메워야 했고, 이용운의 판단으로는 구단주인 톰 힉스가 그 공백을 메우기 위해서 전면에 나설 가능성이 높았다.

여기서 중요한 것이 톰 힉스 구단주의 성향이었다.

선수 출신인 잭 니퍼트 단장과 달리 톰 힉스 구단주는 월가 투자자 출신이었다.

이용운이 조사한 바에 의하면 톰 힉스 구단주가 가장 중시하는 것은 투자 대비 효율이었다.

그런 그가 가장 골머리를 앓게 될 것은 잭 니퍼트 단장이 영입을 주도했던 선수들의 처리 문제일 것이었다.

잭 니퍼트 단장이 거금을 들여서 뉴욕 메츠로 영입한 선수들 가운데 현재 주전으로 활약하는 것은 제프 맥나일뿐이었다.

나머지 선수들은 대부분 마이너리그에 내려가 있거나, 벤치워머 신세였다.

박건 역시 그 나머지 선수들에 속해 있는 일인(一人).

톰 힉스 구단주는 계륵 신세가 된 선수들을 어떻게든 처리하려 할 터였다. 그리고 이용운이 청우 로열스 송이현 단장을 뉴욕으로 불러들인 이유가 여기 있었다.

박건을 청우 로열스로 재영입하겠다는 목적을 가지고 뉴욕으로 찾아온 송이현 단장은 톰 힉스 구단주와 접촉할 것이었다.

송이현 단장의 입장에서 최선은 뉴욕 메츠가 박건을 방출시켜서 이적료 없이 박건을 영입하는 것.

반면 톰 힉스 구단주 입장에서 최선은 가능한 많은 이적료를 챙기고 박건을 팀에서 내보내는 것이었다.

　서로의 목적이 다른 만큼, 협상 과정에서 밀고 당기기가 이어질 것이 자명했다.

　그러나 이용운의 입장에서는 그 협상의 승자가 누가 되는가는 중요치 않았다.

　중요한 것은 박건을 두고 톰 힉스 구단주와 송이현 단장의 협상이 열렸다는 점이었다.

　'최대 30만 달러 정도가 아닐까?'

　박건을 재영입하기 위해서 뉴욕으로 날아온 송이현이 준비해 온 패는 아직 확인하지 못했다.

　그렇지만 대략 짐작은 가능했다.

　송이현은 박건의 이적료로 최대 30만 달러를 책정했을 것이었다.

　메이저리그에 진출한 박건의 활약상이 무척 미비한 데다가 최근 들어 경기 출전 기회까지 급격히 줄어든 상황.

　30만 달러 이하의 이적료만 지불해도 박건을 영입할 수 있다는 결론을 내렸을 것이었다.

　또, 송이현 단장의 성향상 이적료로 뉴욕 메츠에 30만 달러 이상을 지불하는 것은 오버 페이라고 판단했을 것이었다.

　'톰 힉스 구단주가 과연 30만 달러의 이적료에 만족할까?'

　이용운이 고개를 흔들었다.

　뉴욕 메츠는 박건을 영입하기 위해서 포스팅 비용으로만 301만 달러를 지불했다.

또, 올 시즌 연봉으로 70만 달러를 지불했다.

즉, 박건을 영입하기 위해서 투자한 금액이 371만 달러였다.

그런데 톰 힉스 구단주가 투자 금액의 1/10도 되지 않는 30만 달러의 이적료만 받고 박건을 청우 로열스로 보낼 확률?

지극히 낮았다.

투자 대비 효율을 무엇보다 중시하는 톰 힉스 구단주 입장에서는 너무 손해가 막심했기 때문이었다.

"아마 톰 힉스 구단주와 송이현 단장의 협상은 순조롭게 진행되지 않을 것이다."

이용운이 생각 정리를 마치고 운을 뗐다.

"서로 생각하고 있는 금액 차가 너무 크거든."

"협상이 결렬될 거란 말씀이십니까?"

"그럴 가능성은 낮다. 톰 힉스 구단주는 계산에 무척 밝은 편이니, 최악의 경우에는 울며 겨자 먹는 심정으로 송이현 단장이 제시한 이적료를 받아들일 테니까. 그렇지만 톰 힉스 구단주는 상황이 최악으로 흘러가기 전에 어떻게든 다른 방법을 찾을 것이다."

"다른 방법이 뭡니까?"

"손실을 최소한으로 줄이려 하겠지."

"……?"

"그리고 손실을 최소한으로 줄이기 위해서는 박건이라는 상품에 가치가 있다는 것을 널리 알려야 한다."

KBO 리그 구단과 메이저리그 구단.

재정의 규모가 전혀 달랐다.

따라서 손실을 최소한으로 줄일 방법을 찾을 톰 힉스 구단주는 KBO 리그 구단보다 메이저리그 타 구단에 박건을 보내려 할 것이었다.

그 목표를 이루기 위한 필요조건.

박건이란 상품이 가치가 있다는 사실을 메이저리그 구단들에 알리는 것이었다.

'쇼케이스를 열 거야.'

따라서 톰 힉스 구단주는 일종의 쇼케이스를 계획할 확률이 높았다.

이용운의 생각이 거기까지 미쳤을 때, 박건이 답답한 표정으로 질문했다.

"그럼 저는 어떻게 하면 됩니까?"

이용운이 대답했다.

"조급해하지 말고 진득하게 기다리자."


                    *            *            *


내셔널리그 동부 지구 3위.

내셔널리그 동부 지구 2위.

지난 두 시즌 뉴욕 메츠의 성적이었다. 그리고 작년 시즌에는 와일드카드로 디비전 시리즈에도 참가했었다.

표면적으로 보면 나쁘지 않은 성적.

그렇지만 한 꺼풀을 벗기고 안으로 들어가서 직접 살펴본 뉴욕 메츠의 상황은 문제점투성이였다.

"대체 구단 운영을 어떻게 한 거야?"

절레절레.

톰 힉스가 서류를 살피다가 고개를 흔들며 불평을 터뜨렸다.

마음 같아서는 단장직을 사임한 잭 니퍼트를 구단주 사무실로 다시 불러들여서 서류를 들이밀며 따지고 싶었다.

그러나 무소용이었다.

언론에는 일신상의 이유로 잭 니퍼트 단장이 사임했다고 발표했지만, 그가 사임한 진짜 이유는 알츠하이머였다.

본인이 영입한 선수조차 기억하지 못하는 잭 니퍼트를 불러들여서 부실한 구단 운영에 대해서 따진다 한들 대체 무슨 의미가 있을까.

후우.

흥분을 가라앉히기 위해서 길게 한숨을 내쉰 톰 힉스가 서류철을 덮었다. 그리고 KBO 리그 구단인 청우 로열스 송이현 단장과의 협상을 떠올렸다.

"27만 달러가 저희가 지불할 수 있는 최대 이적료입니다."

송이현 단장이 협상 도중에 꺼낸 말을 들었던 순간, 톰 힉스는 화가 났다.

그녀는 포스팅 비용의 1/10도 되지 않는 금액을 지불하고 다시 박건을 청우 로열스로 데려가겠다는 의사를 밝혔으니까.

'넌 양심도 없냐?'는 말이 목구멍까지 차올랐던 것을 간신히 참아냈을 정도였다.

어쨌든 직접 상대해 본 송이현 단장은 만만치 않았다.

장시간 협상을 거치는 과정에서 박건의 이적료는 조금씩 상승했지만, 송이현 단장은 마지노선이 27만 달러라고 분명히 못 박고 더 이상은 양보하지 않았다.


"대체 왜 박건을 영입한 거야?"

송이현 단장과의 1차 협상이 결렬된 후, 톰 힉스는 불만을 터뜨렸다.

371만 달러라는 거금을 투자해서 박건을 뉴욕 메츠로 영입한 잭 니퍼트 단장의 결정이 도무지 이해가 가지 않아서였다.

"이미 엎질러진 우유야."

톰 힉스가 재차 한숨을 내쉬었다.

시간을 되돌려 박건의 영입을 없었던 일로 만들 수는 없었다.

지금 톰 힉스가 해야 할 일은 박건의 영입으로 인한 뉴욕 메츠의 손실을 최소한으로 줄이는 방법을 찾는 것이었다.

"고작 27만 달러를 받고 끝낼 수는 없지."

톰 힉스가 단호하게 고개를 흔들며 혼잣말을 이어나갔다.

"문제는 박건만이 아냐."

잭 니퍼트 단장이 거금을 투자해서 영입을 주도했던 선수들 가운데 태반은 개점휴업 상태였다.

박건을 포함해서 개점휴업 상태로 연봉만 까먹고 있는 선수들을 처리하는 것이 급선무였다.

"무슨 좋은 수가 없을까?"

지끈거리는 관자놀이를 왼손으로 꾹꾹 누르며 톰 힉스가 휴대전화를 들었다.

뉴욕 메츠와 LA 에인절스의 3연전 첫 경기 결과를 확인하기 위해서였다.

"또… 졌네."

잠시 후, 톰 힉스의 표정이 일그러졌다.

최종 스코어 4—7.

뉴욕 메츠가 오늘 경기에서 패했다는 소식을 확인했기 때문이었다.


〈4연패를 당한 뉴욕 메츠, 내셔널리그 동부 지구 4위로 한 단계 순위 하락.〉


기사를 클릭했던 톰 힉스의 표정이 더욱 일그러졌다.

"웃어?"

기사 제목처럼 뉴욕 메츠는 4연패를 당하며 내셔널리그 동부 지구 4위로 순위가 하락했다.

그렇지만 기사에 게재된 사진 속 미겔 카브레라 감독은 웃고 있었다.

물론 경기 패배가 확정된 후에 미겔 카브레라 감독이 웃은 것은 아니었다.

경기가 진행되는 도중에 찍힌 사진이리라.

그렇지만 뉴욕 메츠가 연패 중인 상황에 미겔 카브레라 감독이 웃고 있다는 것이 톰 힉스의 신경을 곤두서게 만든 것이었다.

"한번 주의를 줘야겠군."

잭 니퍼트 단장의 갑작스런 사임과 연패로 인해 가뜩이나 팀 분위기가 어수선한 상황이었다.

해서 미겔 카브레라 감독에게 단단히 주의를 줘야겠다고 결심했던 톰 힉스가 두 눈을 빛냈다.

'그 방법뿐이야.'

골치를 지끈거리게 만들고 있는 문제를 해결할 수 있는 방법을 떠올리는 데 성공했기 때문이었다.

*            *            *

뉴욕 메츠 홈구장인 시티 필드 근처에 위치한 카페.

에스프레소를 한 모금 마신 후 톰 힉스가 양복 안주머니에서 접힌 종이를 꺼내서 미겔 카브레라 감독에게 내밀었다.

"새로운 단장 후보들이네."

인선 작업 끝에 압축한 세 명의 단장 후보 명단이 적힌 종이를 건네받지 않고 미겔 카브레라 감독은 의아한 시선을 던졌다.

"이걸 왜 제게 보여주시려는 겁니까?"

"자네가 뉴욕 메츠의 감독이니까."

"……?"

"그래서 자네와 상의할 필요가 있다고 판단했네."

"굳이 그럴 필요는 없을 것 같습니다."

미겔 카브레라 감독은 단장 인선 작업을 하는 과정 중에 본인과 상의할 필요는 없다고 딱 잘라 말했다.

그러나 톰 힉스는 고개를 흔들었다.

"나는 단장 인선 과정에서 자네와 상의가 필요하다는 결론을 내렸네."

"왜입니까?"

"똑같은 실수를 반복하고 싶지 않거든."

"무슨 말씀이십니까?"

"단장과 감독의 불화로 인해서 뉴욕 메츠라는 팀이 형편없이 망가지는 걸 더 보고 싶지 않다는 뜻이네."

톰 힉스가 강경한 어투로 말하자, 미겔 카브레라 감독이 처음으로 당황한 기색을 드러냈다.

"그건……"

"잭 니퍼트 단장과 불협화음을 냈다는 걸 지금 부인하는 건가?"

"……"

"대답을 못 하는 걸 보니 역시 불화가 있었군. 자, 어서 확인해 보게."

톰 힉스가 재촉하고 나서야 미겔 카브레라 감독이 마지못한 표정으로 앞으로 내밀어져 있던 종이를 건네받았다.

—앤디 가르시아.
—숀 머레이.
—스테판 케이지.

접혀 있던 종이를 펼치고 뉴욕 메츠 신임 단장 후보 세 명의 면면을 확인한 미겔 카브레라 감독이 당황한 기색을 드러냈다.

'예상대로군.'

톰 힉스는 미겔 카브레라 감독이 신임 단장 후보 명단을 확인하고 당황하는 이유를 이미 알고 있었다.

세 명의 후보 가운데 앤디 가르시아가 포함되어 있기 때문이었다.

제3장

앤디 가르시아와 미겔 카브레라 감독.

두 사람은 피츠버그 파이어리츠에서 한솥밥을 먹었던 적이 있었다.

당시 앤디 가르시아는 피츠버그 파이어리츠의 부사장, 미겔 카브레라는 피츠버그 파이어리츠의 감독이었다.

그렇지만 두 사람의 동행은 해피 엔딩으로 끝나지 않았다.

사사건건 부딪친 끝에 미겔 카브레라 감독이 경질당했으니까.

〈피츠버그 파이어리츠의 성적 부진으로 인해 미겔 카브레라 감독 사임〉

피츠버그 파이어리츠 구단이 미겔 카브레라 감독을 경질할 당시 내세웠던 표면적인 이유였다.

하지만 진짜 이유는 부사장 앤디 가르시아와의 마찰 때문이었다.

그런데 뉴욕 메츠 신임 단장 후보에 앤디 가르시아의 이름이 적혀 있는 것을 확인했기 때문에 미겔 카브레라 감독은 당황한 것이었다.

"현재… 가장 유력한 단장 후보는 누구입니까?"

"앤디 가르시아일세."

톰 힉스가 세 명의 후보 중 앤디 가르시아가 뉴욕 메츠의 새 단장 후보로 가장 유력하다고 밝히자, 미겔 카브레라 감독의 표정이 딱딱하게 굳어졌다.

갈증이 치미는 듯 아이스커피를 들어 단숨에 비운 후 미겔 카브레라 감독이 다시 질문했다.

"저와 앤디 가르시아 단장 후보 사이에 대해서 혹시 알고 계십니까?"

"예전에 피츠버그 파이어리츠 구단에서 함께 일했다는 건 알고 있네."

"그게 전부입니까?"

"두 사람 사이에 마찰이 있었고, 그 마찰로 인해 자네가 경질을 당했다는 사실도 알고 있네."

"그걸 알고 계시면서도 앤디 가르시아를 새 단장으로 영입하시려는 겁니까?"

미겔 카브레라 감독이 언성을 높였다.

그렇지만 톰 힉스는 마주 언성을 높이지 않았다.

오히려 목소리를 낮춘 채 말했다.

"그럼 안 될 이유라도 있나?"

"……."

"내가 충고 하나 할까?"

"말씀하시죠."

"분명히 말해두지만 나는 잭 니퍼트 전 단장과는 다르네. 언제든지 자네를 해고할 수 있는 권한이 있거든."

"저를 경질하겠단 뜻입니까?"

"안 될 것도 없지."

"하지만……."

"명분도 있거든."

"무슨 명분 말입니까?"

"뉴욕 메츠의 성적 부진이라는 명분. 자네도 알다시피 내셔널 리그 동부 지구 우승 후보로 꼽혔던 뉴욕 메츠의 현재 성적이 지구 4위로 처져 있으니까."

톰 힉스가 미겔 카브레라 감독의 눈을 응시하며 말을 마쳤다.

진짜 경질을 당할 수도 있다는 위기감이 들었기 때문일까.

미겔 카브레라 감독의 눈동자가 흔들렸다.

적잖이 동요하고 있다는 증거.

그의 흔들리는 눈동자를 확인하고 기선을 제압하는 데 성공했다고 톰 힉스가 판단한 순간이었다.

"혹시 제게 불만이 있으신 겁니까?"

미겔 카브레라 감독이 질문했다.

"몇 가지 마음에 안 드는 부분이 있지. 그중에서 가장 마음에

안 드는 점은 자네의 용병술일세."

"용병술… 이요?"

"선수를 기용하는 방식이 마음에 안 든다는 뜻이네."

용병술을 지적당한 미겔 카브레라 감독의 얼굴이 붉게 상기됐다.

"선수 기용은 감독의 고유 권한입니다. 아무리 구단주님이라도 선수 기용에 간섭하는 것은 참지 않겠습니다."

"그럼 어쩔 수 없군. 자넬 해고하는 수밖에."

"……?"

"아까 충고하지 않았나? 난 잭 니퍼트 전 단장과 다르다고. 훨씬 인내심이 없을 뿐만 아니라, 자넬 해고할 수 있는 인사권도 갖고 있지."

마치 눈싸움이라도 하듯 톰 힉스와 미겔 카브레라 감독이 서로를 응시했다. 그리고 먼저 시선을 피한 것은 미겔 카브레라 감독이었다.

'채찍 다음은 당근.'

톰 힉스가 좀 더 부드러워진 어투로 입을 뗐다.

"아직 확정된 것은 아닐세."

"……?"

"앤디 가르시아가 단장 후보들 중에서 가장 앞서 있는 것은 사실이지만, 최종 결과는 언제든지 바뀔 수 있다는 뜻이네."

톰 힉스가 던진 당근에 미겔 카브레라 감독도 화답했다.

"제가 아까는 너무 감정적으로 대처했던 것 같습니다. 죄송합니다."

"실수를 인정하는 것도 능력이지. 그 능력이 자넬 경질 위기에서 구했네. 그럼 아까 하려던 이야기를 마저 해볼까? 자네의 용병술 중 불만인 부분은 기회를 충분히 주지 않는다는 점이네."

"어떤 기회를 말씀하시는 겁니까?"

"내가 판단하기에는 잭 니퍼트 전 단장이 영입을 주도했던 선수들에게 새로운 팀에 적응하고 본인의 실력을 발휘할 수 있는 충분한 기회가 주어지지 않았던 것 같네. 그래서 내가 자네에게 부탁하고 싶은 것은 더 늦기 전에 그들에게 몇 경기 출전 기회를 줬으면 하는 것일세."

"그건……."

"왜? 무슨 문제라도 있나?"

"잭 니퍼트 전 단장이 영입했던 선수들 중에는 오랫동안 경기에 출전하지 않은 선수들이 많습니다. 당연히 경기감각에 문제가 있을 테고, 기존 주전선수들과 호흡적인 측면에서도 문제가 발생할 소지가 높습니다. 우리 팀의 조직력이 무너질 가능성이 크단 뜻입니다. 그로 인해 경기에서 패배할 확률이 높고……."

"늘 그런 식이었나?"

"네?"

"이런저런 이유들을 갖다 붙이면서 그들에게 경기에 출전할 수 있는 기회를 주지 않았던 것인가?"

"그게 아니라……."

"이러지 말고 우리 좀 더 솔직하게 얘기하세. 자넨 잭 니퍼트 전 단장이 싫었던 것 아닌가? 그래서 잭 니퍼트 전 단장이 영입했던 선수들에게도 충분한 기회를 주지 않았던 것 아닌가?"

정곡을 찔렸기 때문일까.

미겔 카브레라 감독의 말문이 막혔다.

예상했던 반응이었기에 톰 힉스가 흐릿한 웃음을 머금은 채 다시 입을 열었다.

"일단 한번 시도해 보세."

"하지만……."

"경기에 패하는 것이 두려운가?"

"그렇습니다."

미겔 카브레라 감독이 대답한 순간, 톰 힉스가 재빨리 덧붙였다.

"한 시즌은 무척 길다네. 설령 몇 경기 더 패한다고 해서 세상이 끝나는 것은 아니지 않은가?"

*   *   *

뉴욕 메츠와 애틀랜타 브레이브스의 3연전 두 번째 경기를 앞두고 양 팀 감독이 선발 라인업을 발표했다.

〈뉴욕 메츠 선발 라인업〉

1. 브라이언 마일스.

2. 박건.

3. 미구엘 콘포토.

4. 로빈슨 카노.

5. 제프 맥나일.

6. 피터 알론소

7. 폴 바셋

8. 후안 레이예스.

9. 어빙 산타나.

Pitcher. 어빙 산타나.


큰 변화가 있는 선발 라인업을 확인한 박건이 두 눈을 빛내며 말했다.

"선배님 말씀이 맞았습니다. 제가 선발 라인업에 복귀했습니다."

"안 믿었냐?"

"네?"

"내가 오늘 경기에 후배가 선발 라인업에 복귀할 거라고 장담했던 것을 믿지 않았던 것 같은 반응인데?"

"솔직히 말씀드리면 반신반의했습니다."

"왜 반신반의했지?"

"요새 계속 틀리셨으니까요."

"구종 예측은 빗나가도 다른 예측들은 여전히 잘 맞고 있다."

"네? 네."

"그러니 좀 믿고 살자."

박건이 선발 라인업에 복귀할 것을 맞춘 이용운의 목에 오래간만에 힘이 들어갔을 때였다.

"그런데 제가 오늘 선발 라인업에 복귀할 것을 어떻게 정확하게 예측하셨던 겁니까? 혹시 찍으신 겁니까?"

"소 뒷걸음질 치다가 쥐 잡은 격이 아니냐? 이렇게 의심하는 거지? 아니다. 난 확신을 가졌다. 그리고 내가 확신한 데는 이유가 있었다."

"어떤 이유입니까?"

"출국 일정."

이용운이 대답했지만, 박건은 제대로 이해한 기색이 아니었다.

"누구의 출국 일정을 말씀하시는 겁니까?"

"누구긴 누구야? 송이현 단장이지."

"네?"

"송이현 단장은 9박10일 일정으로 미국을 방문했다. 그리고 벌써 나흘이 흘렀지. 톰 힉스 구단주와 송이현 단장의 1차 협상은 이미 결렬된 상황이고, 앞으로 두 사람이 협상을 할 수 있는 시간은 이제 엿새밖에 남지 않았다. 톰 힉스 구단주 입장에서는 초조할 수밖에 없는 상황이지."

"그럼 송이현 단장이 한국으로 돌아가기 전에 협상을 마치기 위해서 톰 힉스 구단주가 미겔 카브레라 감독에게 저를 선발 출전시키라고 지시했단 뜻입니까?"

"틀렸다."

"네? 하지만 아까 분명히 송이현 단장의 출국 일정 때문이라고……."

"톰 힉스 구단주가 원하는 것은 송이현 단장과의 협상이 성사되어서 후배를 청우 로열스로 보내는 것이 아니거든."

"그럼?"

"일전에도 한 번 말했지만 그가 진짜 원하는 것은 후배를 메이저리그 타 구단으로 보내는 것이다."

"……."

"하지만 최악의 경우도 염두에 두지 않을 수는 없지. 그래서 송이현 단장이 출국하기 전에 후배에게 기회를 준 것이다."

"그러니까 일종의 쇼케이스 무대를 마련한 셈이로군요."

박건은 바보가 아니었다.

자신이 선발 라인업에 복귀한 배경에 대한 설명을 듣고 오늘 경기가 일종의 쇼케이스 무대라는 것을 알아챘다.

"그럼 다른 선수들도 마찬가지입니까?"

"다른 선수?"

"오늘 경기에서 미겔 카브레라 감독이 선발 라인업에 큰 폭의 변화를 줬습니다."

박건의 이야기를 들은 이용운이 그제야 선발 라인업을 제대로 살폈다. 그리고 박건의 말대로였다.

브라이언 마일스, 박건, 피터 알론소, 그리고 폴 바셋까지.

미겔 카브레라 감독이 발표한 오늘 경기 선발 라인업에는 낯선 이름들이 넷이나 포진되어 있었다.

말 그대로 큰 폭의 선발 라인업 변화.

그리고 이용운은 새로이 선발 라인업에 합류한 네 선수의 공통점을 금세 알아챘다.

모두 잭 니퍼트 전 단장이 영입했던 선수들이라는 것이 공통점이었다.

"톰 힉스 구단주는 머리도 좋고 결단력도 있구나."

큰 폭의 선발 라인업 변화를 확인한 이용운이 말하자, 박건이 질문했다.

"왜 그렇게 평가하신 겁니까?"

"잭 니퍼트 전 단장이 싸질러 놓은 똥을 한꺼번에 치우려고 하거든."

"똥… 이요?"

"거금을 들여서 영입했는데 밥값을 전혀 못 하고 있는 선수들. 톰 힉스 구단주 입장에서는 잭 니퍼트 전 단장이 싸지른 똥이나 마찬가지지."

이용운이 말을 마친 순간, 박건의 표정이 똥 씹은 것처럼 일그러졌다. 그리고 이용운은 박건의 표정이 똥 씹은 것처럼 일그러진 이유를 짐작했다.

방금 언급했던 똥 중에 본인도 포함되어 있었기 때문이리라.

"왜? 자존심이 상하느냐?"

"기분이 좋지는 않네요."

"그럼 증명해라."

"뭘 증명하란 겁니까?"

이용운이 대답했다.

"후배가 똥이 아니라는 것을 증명해라."

*　　　　　*　　　　　*

각오라도 다지는 걸까.

한참 침묵하고 있던 박건이 다시 입을 뗐다.

"오늘 경기는 패할 확률이 높네요."

"왜 그렇게 판단했느냐? 똥이 많아서?"

"똥 타령은 이제 그만하시죠."

"후배와 대화하다 보니 호부호형(呼父呼兄)을 못 했던 홍길동의 심정을 짐작할 수 있을 것 같구나."

"여기서 갑자기 홍길동이 왜 나옵니까?"

"똥을 똥이라 부르지 못하는 내 심정, 호부호형을 못 했던 홍길동도 비슷한 심정이었을 거란 생각이 들어서다."

박건의 낯빛이 벌겋게 달아올라 있는 것을 확인한 이용운이 희미한 미소를 머금었다.

사실 똥이라고 표현할 필요까지는 없었다.

그럼에도 불구하고 이용운이 굳이 똥이라는 자극적인 표현을 썼던 이유.

박건을 자극시켜서 승부욕을 일깨우기 위함이었다.

그 의도가 제대로 먹혀든 것을 확인한 이용운이 흡족한 목소리로 말했다.

"후배 말대로 오늘 경기는 패할 확률이 높다. 선발 라인업에 큰 변화가 있어서 조직력에서 문제를 드러낼 공산이 높거든."

"미겔 카브레라 감독은 그 사실을 모르는 걸까요?"

"당연히 알고 있을 것이다."

"그런데 왜 선발 라인업에 이렇게 큰 폭의 변화를 준 겁니까?"

"미겔 카브레라 감독이 원한 게 아니다."

"그럼요?"

"톰 힉스 구단주의 지시를 따른 거지. 아니, 지시라는 표현보다는 협박이란 표현이 더 맞겠군."

이용운이 협박으로 표현을 정정한 후 덧붙였다.

"아까 내가 톰 힉스 구단주의 머리가 비상하다고 말했지? 내가 그렇게 판단한 이유는 계산을 잘하기 때문이다."

"무슨 계산이요?"

"톰 힉스 구단주가 미겔 카브레라 감독을 협박해서 선발 라인업에 큰 변화를 준 이유는 잭 니퍼트 전 단장이 싸지른 똥들… 아니, 잭 니퍼트 전 단장이 영입했던 선수들에게 쇼케이스 무대를 마련해 주기 위함이다. 그 쇼케이스 무대에서 잭 니퍼트 전 단장이 영입했던 선수들이 빼어난 경기력을 보여주면 타 팀으로 이적이 가능해진다."

"이적… 이요?"

"쉽게 말해 잉여 자원으로 분류된 선수들을 다른 팀으로 최대한 비싸게 팔아서 손실을 줄이려는 거지."

비로소 박건이 이해한 표정을 지었을 때, 이용운이 다시 입을 뗐다.

"후배의 말처럼 오늘 경기에서 뉴욕 메츠는 조직력에 문제를 드러내면서 패할 확률이 높다. 미겔 카브레라 감독은 물론이고 톰 힉스 구단주도 그 정도는 알고 있을 것이다. 그럼에도 불구하고 톰 힉스 구단주가 미겔 카브레라 감독을 협박해서 선발 라인업에 큰 변화를 준 이유는 계산을 끝마쳤기 때문이다. 아마 그는 뉴욕 메츠가 1패를 추가하는 것보다 잭 니퍼트 단장이 영입했던 선수들을 비싼 가격에 처분하는 편이 더 이득이라는 판단을 내렸을 것이다. 그리고 또 모르지."

"뭘 모른단 말입니까?"

"오늘 경기에서 뉴욕 메츠가 이길 수도 있으니까."

"그건……."

"인생만 모르는 게 아니다. 야구의 승패도 오직 승부의 신만 알고 있는 것은 마찬가지다. 어쩌면 심술궂기로 유명한 승부의 신이 오늘 경기에서 변덕을 부릴지도 모르지."

*　　　*　　　*

'무대는 마련됐다.'

잭 니퍼트 전 단장을 대신해 톰 힉스 구단주가 전면에 나서면서 일종의 쇼케이스 무대는 마련된 셈이었다.

"후배가 메이저리그 도전을 이어나갈 수 있는가 여부는 마지막 기회를 살리는가에 달려 있다."

이용운의 말처럼 이번에 마련된 쇼케이스 무대가 자신에게 주어진 마지막 기회였다. 그리고 박건에게 주어진 기회는 많지 않았다.

최대 5경기.

이용운이 예상했던 쇼케이스 무대가 열리는 기간이었다.

송이현 단장의 출국 일정을 고려해서 짐작한 기간.

그러나 박건은 알고 있었다.

박건을 비롯해서 새로이 선발 라인업에 포진된 선수들이 부진한 모습을 보이며 뉴욕 메츠의 연패가 길어진다면, 쇼케이스 무대가 열리는 기간이 더 짧아질 수도 있다는 사실을.

박건이 이내 고개를 흔들었다.

"뒤는 생각하지 말자. 오늘 경기가 메이저리그에서 뛰는 마지막 경기라고 생각하고 경기에 임하자."

박건이 단단히 각오를 다지며 대기타석으로 걸어갔다. 그리고 대기타석에 도착한 박건이 관중석을 살폈다.

"원정경기인 게 다행이네."

시티 필드에서 펼쳐지는 뉴욕 메츠의 홈경기였다면 박건이 타석에 들어서기도 전에 야유가 쏟아졌으리라.

'무시하자.'

홈 팬들의 야유성이 들릴 때마다 박건은 애써 무시하려 했다.

그러나 그게 생각처럼 쉽지 않았다.

홈 팬들의 야유가 나올 때마다 자꾸 위축되는 것은 어쩔 수 없었다.

그 점을 감안하면 오늘 경기가 홈경기가 아니라 원정경기라는 것이 오히려 박건에게는 다행이었다.

그리고 하나 더.

애틀랜타 브레이브스의 선발투수인 라이언 닐스트롱은 팀의 3선발 역할을 맡고 있었다.

메이저리그 데뷔 후, 박건은 처음으로 각 팀의 1, 2선발 역할을 맡고 있지 않은 선발투수를 상대하는 것이었다.

슈아악.

그때, 라이언 닐스트롱이 오늘 경기 첫 번째 공을 던졌다.

"볼."

바깥쪽 낮은 코스로 파고든 직구의 구속은 92마일.

'140㎞대 후반의 구속.'

KBO 리그였다면 강속구투수로 분류됐을 것이었다.

그렇지만 박건의 입장에서는 라이언 닐스트롱이 메이저리그 데뷔 후 상대했던 투수들 가운데 가장 느린 직구를 던지는 투수였다.

'공략할 수 있다.'

직구 구속을 확인하고 박건이 두 눈을 빛냈을 때였다.

슈악.

라이언 닐스트롱이 브라이언 마일스를 상대로 2구째 커브를 던졌다.

"스트라이크."

주심이 스트라이크 판정을 내린 순간, 박건이 아쉬운 기색을 드러냈다.

포수는 바깥쪽 코스에 미트를 갖다 대고 기다렸지만, 라이언 닐스트롱이 던진 커브는 한가운데 높은 코스로 들어왔다.

'실투.'

브라이언 마일스는 실투를 놓친 것이었다. 그리고 브라이언 마일스 역시 아쉬운 표정을 감추지 않고 드러내고 있었다.

"경기감각이 떨어졌기 때문이다."

그때, 이용운이 분석했다.

이어진 3구째.

슈악.

라이언 닐스트롱의 선택은 슬라이더였다.

스트라이크존을 통과할 듯 보이다가 홈플레이트 근처에서 바깥쪽으로 휘어져 나가는 슬라이더의 각은 예리했다.

슬라이더를 예상치 못한 걸까?

브라이언 마일스는 중심이 무너진 채 배트를 휘둘렀다.

딱.

내야플라이가 될 공산이 높다고 예상했는데.

박건의 예상은 빗나갔다.

브라이언 마일스가 중심이 무너진 채 배트를 휘둘렀음에도 타구는 예상보다 더 멀리 뻗었다.

배트의 끝부분이 아니라 배트 중심에 걸렸기 때문이었다.

툭.

2루수가 타구를 처리하기 위해서 열심히 쫓아갔지만, 타구는 점프캐치를 시도한 2루수의 글러브를 살짝 넘기고 그라운드에 떨어졌다.

쫘악.

오래간만에 출전한 경기에서 안타를 기록한 브라이언 마일스가 본인을 칭찬하듯 박수를 쳤다.

'박수받을 만해.'

그 모습을 지켜보던 박건이 떠올린 생각이었다.

수 싸움이 빗나갔음에도 브라이언 마일스가 2루수의 키를 살짝 넘기는 안타를 때려낼 수 있었던 원동력은 집중력이었다.

마지막까지 공에서 시선을 떼지 않으며 공을 배트 중심에 맞추려 노력했고, 타구에 힘을 싣기 위해서 팔로우 스윙을 끝까지 가져갔던 것이 안타를 빼앗아낸 이유.

'이제 내 차례네.'

올 시즌 처음으로 경기에 출전했음에도 브라이언 마일스는 안타를 터뜨렸다.

쇼케이스 무대의 첫 단추를 잘 꿴 상황.

이제 박건이 톰 힉스 구단주가 마련한 쇼케이스 무대에 올라 첫 선을 보일 시간이었다.

"…몸쪽 직구가 들어올 것이다."

이용운이 영 마뜩잖은 목소리로 구종 예측을 하는 것을 들은 박건이 의아한 표정을 지었다.

"왜 그러십니까?"

"뭐가?"

"구종 예측을 하는 것을 영 내키지 않아 하시는 것 같아서요."

"그냥."

"……?"

"이게 무슨 의미가 있나 하는 생각이 들어서였다."

이용운에게서 돌아온 대답을 들은 박건이 고개를 흔들며 말했다.

"의미가 있습니다."

"응?"

"선배님이 구종 예측을 해주셔야 그 공을 배제할 수 있으니까요."

"끄응."

이런 상황이 마음에 들지 않는 걸까.

이용운이 앓는 소리를 냈지만, 박건의 귀에는 제대로 들리지 않았다.

이미 수 싸움에 돌입했기 때문이었다.

'일단 몸쪽 직구는 배제하고……'

이용운이 초구로 들어올 거라 예측했던 몸쪽 직구를 과감하게 배제한 박건의 눈에 고개를 절레절레 흔드는 라이언 닐스트롱이 보였다.

1루 주자인 브라이언 마일스를 힐끗 살피는 라이언 닐스트롱은 분한 기색이 역력했다.

'브라이언 마일스에게 3구째로 던졌던 바깥쪽 슬라이더의 제구는 완벽에 가까웠어. 그런데 안타를 허용한 게 분한 거야.'

잠시 후, 박건이 타격 준비를 마쳤을 때였다.

슈악.

라이언 닐스트롱이 초구를 던졌다.

'바깥쪽 슬라이더!'

구종 예측이 적중했음을 알아챈 박건이 지체 없이 배트를 휘둘렀다.

따악.

배트 중심에 걸린 밀어 때린 타구는 1루수의 키를 훌쩍 넘겼다.

'안쪽에 떨어져라.'

1루로 내달리면서 타구의 궤적을 눈으로 좇던 박건이 속으로 빌었다.

그런 박건의 바람이 통했다.

툭.

"페어!"

타구가 라인 선상 안쪽에 떨어진 것을 확인한 박건이 망설이지 않고 1루 베이스를 통과해 2루로 내달렸다.

1루 주자였던 브라이언 마일스가 3루에서 멈추는 것을 확인한 박건도 속도를 줄이며 여유 있게 2루로 들어갔다.

메이저리그 데뷔 후 기록한 두 번째 안타.

'타율이 얼마나 올랐으려나?'

오늘 경기 이전까지 박건의 타율은 오 푼에도 한참 미치지 못했다.

그런데 오늘 경기 첫 타석에서 안타를 때려냈으니 타율이 얼마나 올랐을지가 궁금해진 것이었다.

해서 머릿속으로 타율을 계산하던 박건이 도중에 멈췄다.

'의미 없다.'

이렇게 판단했기 때문이었다.

오늘 경기 첫 타석에서 안타를 때려낸 덕분에 타율이 오 푼을 넘겼다고 하더라도 무슨 의미가 있을까?

"쓸데없는 생각은 털어버리고 오늘 경기에만 집중해라."

이용운도 같은 생각이었다.

오늘 경기에만 집중하라고 충고했다.

무사 2, 3루.

박건의 2루타가 나오면서 뉴욕 메츠는 선취점을 올릴 수 있는 기회를 잡았다. 그리고 3번 타자 미구엘 콘포토는 타점을 올릴 기회를 놓치지 않았다.

슈아악.

따악.

미구엘 콘포토는 라이언 닐스트롱의 4구째 직구를 공략해서 중견수플라이를 때려냈다.

타다닷.

"세이프."

태그업을 시도한 3루 주자 브라이언 마일스가 여유 있게 홈으로 파고들면서 뉴욕 메츠는 선취점을 올리는 데 성공했다.


*　　　　*　　　　*


1—2.

1회 초, 뉴욕 메츠가 선취점을 올리는 데 성공했지만, 리드는 오래가지 못했다.

선발투수 어빙 산타나가 1회 말에 애틀랜타 브레이브스의 4번 타자 로날드 아쿠냐 주니어에게 투런홈런을 허용했기 때문이었다.

1점 뒤진 상황에서 뉴욕 메츠의 3회 초 공격이 시작됐다.

3회 초의 선두타자였던 투수 어빙 산타나는 삼구삼진을 당하며 타석에서 물러났다.

1사 주자 없는 상황에서 타석에 들어선 브라이언 마일스가 선발투수 라이언 닐스트롱과 두 번째 대결을 펼쳤다.

풀카운트까지 이어진 승부.

슈악.

라이언 닐스트롱이 6구째로 선택한 구종은 슬라이더였다.

스트라이크존을 통과할 듯 보이다가 홈플레이트 근처에서 갑자기 바깥쪽으로 휘어져 나가는 슬라이더의 각은 여전히 날카로웠다.

붕.

배트를 내밀던 브라이언 마일스가 도중에 가까스로 배트를 멈춰 세웠다.

"볼."

주심은 배트가 돌지 않았다고 판단해서 볼넷을 선언했다.

그런 주심의 판정에 흥분한 애틀랜타 브레이브스의 배터리가 강하게 항의했다.

그러나 1루심이 배트가 돌지 않았다고 확인해 주면서 판정은 바뀌지 않았다.

1사 1루 상황에서 박건이 오늘 경기 두 번째 타석에 들어섰다.

"초구에 바깥쪽 슬라이더를 유인구로 구사할 것이다."

이용운이 구종 예측을 했지만, 박건은 한 귀로 듣고 한 귀로 흘렸다. 그리고 수 싸움을 하는 대신 라이언 닐스트롱을 유심히 살폈다.

첫 타석 때와 마찬가지로 라이언 닐스트롱은 흥분 상태였다.

그렇지만 브라이언 마일스의 배트가 돌지 않았다는 주심의 판정에 불만이 커서일까.

첫 타석 때보다 두 번째 타석인 지금 더 흥분한 상태였다.

'실투가 나올 수 있지 않을까?'

박건이 수 싸움을 포기하는 대신 라이언 닐스트롱의 실투를 기다리기로 결심했다.

슈악.

라이언 닐스트롱이 던진 초구는 몸쪽 커브.

'이번에도 틀렸네.'

이용운의 구종 예측이 또 한 번 빗나갔다는 것을 알아챈 박건이 실소를 머금었을 때였다.

"볼."

주심이 초구를 볼로 판정했다.

'볼?'

그리고 주심이 스트라이크를 선언하지 않은 순간, 오히려 박건이 당황했다.

라이언 닐스트롱이 초구로 던졌던 커브는 몸쪽 꽉 찬 코스로 파고들며 낮은 코스의 스트라이크존에 걸쳤다고 판단했기 때문이었다.

그러나 주심의 생각은 달랐다.

'낮았다고 판단한 건가?'

박건의 생각이 거기까지 미쳤을 때, 라이언 닐스트롱이 모자를 벗었다.

그런 그의 얼굴은 벌겋게 상기되어 있었다.

주심의 볼 판정에 더욱 불만이 커졌기 때문이었다.

"이번에는 몸쪽 커브……."

잠시 후 이용운이 구종 예측을 했다. 그러나 박건은 이번 역시 수 싸움을 하지 않았다.

슈아악.

그리고 2구째.

라이언 닐스트롱은 직구를 선택했다.

'실투다!'

가운데로 몰린 데다가 높게 들어오는 직구를 확인하고 두 눈을 빛낸 박건이 힘껏 배트를 돌렸다.

따악.

'이번엔… 넘어갔다.'

정확한 타이밍에 배트 중심에 걸린 데다가 팔로우 스윙까지 완벽했기 때문에 박건은 홈런이 될 것을 확신했다.

툭.

배트를 내던지고 1루로 달려가며 타구의 궤적을 좇던 박건의 두 눈이 커졌다.

타구가 예상보다 더 멀리 뻗었기 때문이었다.

외야 관중석 중단에 떨어졌을 정도로 타구의 비거리는 길었다.

'내가 때린 타구 중 가장 멀리 뻗었다.'

커리어를 통틀어 가장 비거리가 긴 홈런을 때려낸 박건이 뒤늦게 웃음을 터뜨렸다.

'첫 홈런.'

메이저리그 데뷔 후 첫 홈런을 때려내는 데 성공했기 때문이었다.

물론 박건이 메이저리그 데뷔 후 첫 홈런을 때려낼 수 있었던 데는 흥분한 라이언 닐스트롱이 실투를 던진 것이 컸다

그러나 투수가 던진 실투를 놓치지 않는 것도 타자의 능력.

박건의 입장에서는 무척 큰 의미가 있는 홈런이었다.

천천히 그라운드를 돌아서 홈플레이트를 통과한 순간, 1루 주자였던 브라이언 마일스가 환하게 웃으며 손을 들었다.

쫘악.

박건도 손을 들어 브라이언 마일스와 하이 파이브를 나누었다.


*          *          *


박건의 역전 투런홈런으로 뉴욕 메츠는 재차 리드를 잡았다.

그러나 리드는 오래가지 않았다.

어빙 산타나가 프레디 프리먼에게 동점을 허용하는 솔로홈런을 얻어맞았기 때문이었다.

3─3.

동점 상황에서 6회 초 뉴욕 메츠의 공격이 시작됐다.

리드오프 브라이언 마일스부터 시작하는 6회 초 뉴욕 메츠의 공격.

안타와 볼넷을 얻어내며 지난 두 타석에서 모두 출루에 성공했던 브라이언 마일스는 세 번째 타석에서도 출루에 성공했다.

슈악.

딱.

라이언 닐스트롱의 3구째 커터를 공략했지만 브라이언 마일스가 휘두른 배트 중심에 맞지 않았다.

배트 하단에 맞은 타구는 크게 바운드를 일으키면서 유격수

방향으로 굴러갔다.

평범한 내야땅볼이 될 듯 보였지만, 브라이언 마일스의 빠른 발이 1루 승부에서 세이프를 만들어냈다.

'빠르다.'

전력 질주를 펼쳐서 세이프 판정을 받은 브라이언 마일스의 주력에 감탄하면서 박건이 타석으로 들어섰다.

2루타, 그리고 홈런.

지난 두 타석에서 박건은 모두 장타를 때려냈다.

그 사실을 잘 알고 있는 라이언 닐스트롱은 신중하게 승부했다.

슈악.

"볼."

슈아악.

"스트라이크."

두 개의 공을 모두 바깥쪽 낮은 코스로 던졌다.

그리고 3구째.

"몸쪽 커브가 들어올 거다."

이용운은 라이언 닐스트롱이 몸쪽 승부를 펼칠 거라 예상했다.

'바깥쪽 커터.'

그러나 박건의 구종 예측은 달랐다.

슈악.

그리고 이번에도 박건의 구종 예측이 적중했다.

따악.

힘들이지 않고 가볍게 밀어 친 타구는 우익수 앞에서 뚝 떨어지는 우전안타가 됐다.

3타수 3안타.

오늘 경기에서만 세 개의 안타를 기록한 박건이 1루 베이스 위에 선 채 허탈한 미소를 지었다.

그동안 안타 하나를 때려내는 것조차 그렇게 어려웠었는데.

한 경기가 끝나기도 전에 3안타를 몰아친 것이었다.


"야구 모른다."


이용운이 입버릇처럼 꺼냈던 말이 떠올라서 박건의 입가에 떠올라 있던 미소가 짙어졌을 때였다.

"바깥쪽 커터가 들어올 것을 어떻게 예측했느냐?"

이용운이 질문했다.

그렇지만 박건은 그 질문에 답하지 않았다.

대신 2루 주자인 브라이언 마일스를 주시했다.

스윽.

2루 베이스 위에 서 있던 브라이언 마일스가 오른손을 머리 위로 들어 올린 후, 영화 '터미네이터'의 주인공 아놀드 슈왈츠제네거처럼 엄지를 추켜올렸다.

"왜 대답이 없어? 대체 어떻게……."

"나중에요."

"응?"

"나중에 알려 드릴게요. 지금은 좀 바쁩니다."

"바쁠 일이 뭐가 있어?"

"브라이언 마일스가 엄지를 추켜올렸습니다."

"응?"

"그게 무슨 뜻인지 아시죠?"

박건이 투런홈런을 때리고 더그아웃으로 돌아와서 여운을 곱씹고 있을 때, 브라이언 마일스가 다가왔었다.

"내가 엄지를 추켜세우는 신호를 보내면 더블스틸을 하자."

그때 브라이언 마일스가 했던 이야기.

이용운이 통역을 맡았으니 기억하지 못할 리 없었다.

"지금?"

박건에게서 브라이언 마일스가 엄지를 추켜세웠다는 이야기를 들은 이용운이 살짝 당황했다.

잠시 후, 그가 다시 입을 뗐다.

"타이밍은 나쁘지 않구나."

무사 1, 2루 상황.

라이언 닐스트롱이 추가 실점 위기에 처하자, 투수코치가 마운드를 방문해 있었다.

어수선한 분위기.

해서 박건 역시 더블스틸을 노리기에 타이밍이 나쁘지 않다고 판단하며 이용운에게 물었다.

"그런데 벤치의 지시 없이 더블스틸을 시도해도 될까요?"

"원래는 안 되지."

"그럼 오늘은 괜찮다는 겁니까?"

"그래. 특수한 상황에서 벌어지는 경기이니까."

"특수한… 상황이요?"

"미겔 카브레라 감독은 오늘 경기의 승패에 초연했다. 경기가 시작할 때부터 지금까지 줄곧 관중 모드를 시전하고 있는 게 그 증거지. 오늘 경기가 특수한 상황에서 벌어지는 경기라고 말한 이유는 승패보다 새로 선발 라인업에 합류한 후배를 비롯한 선수들이 마음껏 기량을 발휘하는 게 더 중요하기 때문이다."

이용운의 말대로였다.

미겔 카브레라 감독은 관중처럼 팔짱을 낀 채 감독석에 멍하니 앉아 있었다.

그제야 박건이 부담을 덜어냈을 때, 애틀랜타 브레이브스의 투수코치가 마운드를 내려갔다.

슈악.

"볼."

슈아악.

"볼."

뉴욕 메츠의 3번 타자 미구엘 콘포토를 상대하는 라이언 닐스트롱은 두 개 연속 볼을 던지며 불리한 볼카운트에 몰렸다.

제구가 뜻대로 되지 않기 때문일까?

불만 가득한 표정을 지은 라이언 닐스트롱은 벤치 쪽으로 고개를 돌렸다.

"언제 교체 지시가 나올지 몰라서 벤치를 계속 힐끔거리는 것 보이지? 라이언 닐스트롱은 투구에 전혀 집중을 못 하고 있다."

이용운이 지적했다. 그리고 브라이언 마일스의 생각도 같았다.

스윽.

다시 엄지를 추켜세웠다.

계속 브라이언 마일스를 주시하고 있었던 박건은 그가 보낸 신호를 놓치지 않았다.

'지금.'

라이언 닐스트롱이 미구엘 콘포토를 상대로 3구를 던지기 위해서 투구 동작에 돌입한 순간, 브라이언 마일스가 스타트를 끊었다.

타다닷.

타다다닷.

박건도 지체하지 않고 스타트를 끊었다.

슈악.

"스트라이크."

라이언 닐스트롱이 3구째로 던진 슬라이더를 받은 포수가 3루로 송구했다.

송구가 3루로 향하는 것을 확인하고 여유 있게 2루로 달려가던 박건이 3루에서 벌어진 승부의 결과를 살폈다.

"세이프."

그리고 3루심이 세이프 선언을 하는 것을 확인한 박건이 안도의 한숨을 내쉬었을 때였다.

스윽.

3루 베이스 위에 올라선 브라이언 마일스가 다시 엄지를 추켜올렸다.

스윽.

박건 역시 환하게 웃으며 엄지를 추켜올렸다.

제4장

　6회 초 무사 2, 3루의 득점 찬스에서 미구엘 콘포토의 외야플라이가 나오면서 뉴욕 메츠는 다시 리드를 잡았다.

　그렇지만 8회 말에 선발투수 어빙 산타나에게서 마운드를 넘겨받은 불펜투수 릭 콘솔로가 닉 마카킨스에게 투런홈런을 허용하면서 경기는 다시 역전됐다.

　4—5.

　한 점 뒤진 채 시작된 뉴욕 메츠의 9회 초 정규이닝 마지막 공격.

　애틀랜타 브레이브스는 팀의 마무리투수인 마크 멜란손을 투입했다.

　7번 타자 폴 바셋과 8번 타자 후안 레이예스를 내야땅볼과 삼진으로 처리하면서 마크 멜란손은 손쉽게 두 개의 아웃카운트를 잡아냈다.

그러나 투수 타석에 대타로 들어선 윌슨 라모스가 마크 멜란 손을 상대로 중전안타를 때려내며 뉴욕 메츠에게 마지막 찬스 가 찾아왔다.

2사 주자 1루 상황에서 브라이언 마일스가 타석에 들어섰다.

'살아 나가라.'

대기타석에 서 있던 박건이 속으로 부탁했을 때였다.

슈악.

틱.

브라이언 마일스는 마크 멜란손의 초구에 번트를 댔다.

기습번트.

3루 선상 쪽으로 굴러가는 번트 타구를 처리하기 위해서 3루 수가 대시했다. 그리고 맨손 캐치를 시도해서 성공했지만 3루수 는 1루로 송구하지 못했다.

1루로 송구한다고 해도 발 빠른 타자주자 브라이언 마일스를 아웃시키기는 늦었다고 판단해서 송구를 포기한 것이었다.

'기회는 왔다.'

내심 바라고 있었던 대로 한 차례 더 타석에 들어설 기회를 얻은 박건이 크게 숨을 내쉬었다.

"바깥쪽 커터를 초구로 던질 것이다."

이용운이 구종 예측을 한 순간, 박건이 수 싸움을 시작했다.

'몸쪽 직구가 들어올 확률이 높다.'

쐐액.

견제구를 던진 후, 마크 멜란손이 투구 동작에 돌입했다.

슈아악.

'직구, 그리고 몸쪽이다.'

구종 예측이 적중했다는 것을 알아챈 박건이 힘껏 배트를 휘둘렀다.

따악.

경쾌한 타격음과 함께 타구가 쭉쭉 뻗어 나갔다.

'넘어갔나?'

1루로 내달리던 박건이 내심 홈런을 기대했다.

마크 멜란손의 직구 구속은 96마일.

타이밍이 살짝 밀렸지만, 배트 중심에 잘 맞은 타구.

그동안 웨이트에 치중한 덕분에 타구의 비거리가 늘어난 상황이었기에 홈런이 될 수도 있다고 판단한 것이었다.

퍽.

그렇지만 박건의 타구는 홈런이 되기에 조금 모자랐다.

외야 펜스를 직접 때렸다.

쿵.

펜스플레이를 시도했던 애틀랜타 브레이브스의 좌익수가 타구를 잡아내는 데 실패하고 넘어졌다.

2루로 내달리던 박건의 눈에 중견수가 펜스를 때리고 퉁겨 나온 공을 처리하기 위해서 달려가는 모습이 보였다.

이내 중견수에게서 시선을 뗀 박건이 속도를 줄이지 않은 채 2루 베이스를 통과했다.

"멈춰… 아니, 달려라."

처음 멈추라는 지시를 내리려고 했던 이용운이 도중에 마음을 바꿔서 3루까지 내달리라고 지시했다.

'설령 멈추라고 지시했어도 안 멈췄을 겁니다.'

타다닷.

3루 베이스 근처에 도착한 박건이 헤드퍼스트슬라이딩을 감행했다.

박건의 손끝이 3루 베이스에 닿은 것과 송구를 받은 3루수의 태그가 등에 닿은 것은 거의 동시였다.

'승부 결과는?'

박건이 고개를 들어 3루심을 바라보았다.

"…세이프."

그리고 3루심이 반박자 늦게 세이프를 선언한 순간, 박건이 두 주먹을 불끈 움켜쥐었다.

6—5.

2사 후였기에 일찌감치 스타트를 끊었던 2루 주자와 1루 주자가 모두 홈으로 파고들면서 뉴욕 메츠는 극적인 역전을 만드는 데 성공했다.

또 개인적으로는 마지막 타석에서 3루타를 때려내는 데 성공하면서 마침내 사이클링히트라는 대기록 달성에 성공했다.

해서 박건이 기쁜 기색을 감추지 못하고 드러냈을 때였다.

애틀랜타 브레이브스의 브라이언 스니커 감독이 비디오판독을 요청했다. 그리고 비디오판독을 위해서 심판들이 모이는 것을 확인한 박건의 표정이 구겨졌다.

'판정이 번복될 거야.'

조금 전 3루에서 벌어졌던 승부.

헤드퍼스트슬라이딩을 감행했던 박건의 손끝이 3루 베이스에 닿은 것과 3루수의 태그가 등에 닿은 것.

거의 동시처럼 보였다.

그렇지만 당사자인 박건은 알고 있었다.

태그가 등에 닿은 것이 박건의 손끝이 3루 베이스에 닿은 것보다 조금 빨랐다는 사실을.

"왜 안 말리셨습니까?"

비디오판독이 진행되는 사이, 3루 베이스 위에 올라서 있던 박건이 이용운에게 질문했다.

"원래는 말릴 생각이었다. 3루에서 아웃될 가능성이 높았거든."

"그런데도 안 말리신 건… 사이클링히트 때문입니까?"

"맞다."

'역시 알고 계셨네.'

이용운 역시 박건이 마지막 타석에서 3루타를 기록하면 사이클링히트라는 대기록을 달성한다는 사실을 알고 있었다.

그래서 3루에서 아웃이 될 가능성이 높다는 사실을 알면서도 2루에서 멈추지 말고 3루까지 달리라고 지시했던 것이었다.

"오늘 경기의 승패보다 후배가 주목을 받는 것이 더 중요하거든."

이용운이 이유를 덧붙인 순간, 비디오판독이 끝났다.

"아웃."

예상대로 원심이 번복된 것을 확인한 박건이 아쉬워할 때, 이용운이 말했다.

"그래도… 모처럼 잘했다."

$$*\qquad\qquad*\qquad\qquad*$$

6—5.

한 점 뒤지고 있는 애틀랜타 브레이브스의 9회 말 마지막 공격.

수비위치로 걸어가던 박건은 이대로 경기가 끝나길 바랐다.

'만약 내가 주루플레이 과정에서 욕심을 부리지 않았다면?'

9회 초 뉴욕 메츠의 공격은 끝나지 않았을 것이었다.

2사 2루의 득점 찬스가 중심타선으로 이어졌을 터.

그리고 중심 타순에 포진한 미구엘 콘포토나 로빈슨 카노가 적시타를 때려냈다면 뉴욕 메츠는 추가점을 올렸을 수도 있었다.

그랬다면 스코어는 6—5가 아니라 7—5로 변했을 것이었고.

애틀랜타 브레이브스의 9회 말 마지막 공격만을 남겨두고 있는 현시점에서 1점과 2점의 격차는 크게 달랐다.

해서 박건은 이대로 경기가 끝나길 바랐지만, 경기는 박건의 바람처럼 흘러가지 않았다.

터프 세이브 상황에서 마운드에 오른 뉴욕 메츠의 마무리투수 저스틴 윌슨은 불안한 모습을 노출했다.

첫 타자인 앤디 인시아테를 삼진으로 잡아내며 쾌조의 출발을 보였지만, 이후 두 타자에게 연속안타를 허용했다.

1사 1, 2루의 위기에서 저스틴 윌슨은 조쉬 도날드슨에게 내야튼공을 유도하며 급한 불을 껐지만, 3번 타자 프레디 프리먼에게 볼넷을 허용하면서 2사 만루로 상황이 바뀌었다. 그리고 2사 만루 상황에서 애틀랜타 브레이브스의 4번 타자인 로날드 아쿠냐 주니어가 타석에 등장했다.

'막아라.'

이용운은 오늘 경기의 승패가 중요하지 않다고 말했다.

하지만 경기에서 패하는 것보다는 이기는 편이 당연히 좋았다.

게다가 혼자서 무려 4타점을 올린 기념비적인 경기인 만큼 박건은 더욱 이기고 싶은 것이었다.

그러나 박건의 바람은 이번에도 이뤄지지 않았다.

슈악.

따악.

저스틴 윌슨의 3구째 슬라이더를 공략한 로날드 아쿠냐 주니어의 타구.

배트 중심에 잘 맞은 총알 같은 타구는 2, 3루 간을 꿰뚫을 것처럼 보였다.

'역전은 허용하지 않는다.'

3루 주자가 홈으로 파고드는 것은 막을 수 없었다.

그렇지만 2루 주자가 홈으로 파고드는 것은 어떻게든 막겠다는 각오를 다지며 전진하던 박건이 당황했다.

갑자기 공이 사라져 버렸기 때문이었다.

'잡았다?'

당연히 2, 3루 간을 꿰뚫는 좌전 안타가 될 거라 판단했던 로날드 아쿠냐 주니어의 타구였는데.

아사메드 로사리오를 대신해서 오늘 경기에 유격수로 선발 출전한 폴 바셋이 몸을 날리며 타구를 잡아냈다.

"게임 오버."

폴 바셋의 기막힌 호수비가 나오면서 경기는 그대로 끝이 났다.

퍽.

끝내기안타를 빼앗긴 로날드 아쿠냐 주니어가 화를 참지 못하고 헬멧을 벗어 바닥에 거칠게 내동댕이쳤다.

반면 폴 바셋은 담담한 표정이었다.

'이겼다.'

폴 바셋의 엄청난 호수비에 감탄을 금치 못하고 있던 박건이 뒤늦게 승리의 기쁨을 만끽했다.

선발 라인업에 대폭 변화가 있었던 오늘 경기.

이용운은 뉴욕 메츠가 조직력에 문제를 드러내면서 경기에서 패할 확률이 무척 높다고 말했었다.

그렇지만 결과는 달랐다.

뉴욕 메츠는 접전 끝에 지구 선두를 달리고 있는 강팀 애틀랜타 브레이브스를 상대로 승리를 거두었으니까.

"심술궂은 승부의 신이 변덕을 부렸네요."

박건이 환하게 웃으며 입을 떼자, 이용운도 웃으며 말했다.

"미겔 카브레라 감독을 봐라."

그 이야기를 듣고 고개를 돌린 박건의 눈에 딱딱하게 표정이 굳어져 있는 미겔 카브레라 감독이 들어왔다.

얼마 전 뉴욕 메츠가 경기에서 패했을 때 미겔 카브레라 감독은 웃고 있었다.

그런데 뉴욕 메츠가 경기에서 승리했음에도 불구하고 미겔 카브레라 감독은 웃고 있지 않았다.

마치 패장처럼 표정이 굳어져 있었다.

박건이 그런 미겔 카브레라 감독에게서 시선을 떼지 못하고 있을 때, 이용운이 덧붙였다.

"지금쯤 톰 힉스 구단주는 입이 귀에 걸려 있겠군."

*           *           *

〈미겔 카브레라 감독의 파격 용병술, 뉴욕 메츠의 연패를 끊다.〉

뉴욕 메츠가 명승부 끝에 애틀랜타 브레이브스를 상대로 승리를 거두자, 매스컴은 미겔 카브레라 감독의 파격 용병술을 집중 조명 했다.

'미국 기자들도 엉터리인 건 똑같군.'

그 기사 제목을 확인하고 이용운이 떠올린 생각이었다.

뉴욕 메츠가 지난 경기에서 선발 라인업에 대폭의 변화를 줬던 것은 사실이었다.

그렇지만 미겔 카브레라 감독의 작품은 아니었다.

정확히 말하면 톰 힉스 구단주의 작품이었다.

'밤새 한숨도 못 잤겠군.'

이용운이 희미한 미소를 머금었다.

톰 힉스 구단주의 협박에 못 이겨 미겔 카브레라 감독은 선발 라인업에 대폭 변화를 줬을 터.

미겔 카브레라 감독은 뉴욕 메츠가 패하길 내심 바랐을 것이었다.

그래야만 지금까지 본인의 선수 기용이 틀리지 않았다는 게 증명이 되기 때문이었다.

그러나 경기 결과는 미겔 카브레라 감독의 바람과 달랐다.

경기 패배가 유력시되던 뉴욕 메츠가 지구 선두를 달리던 강팀 애틀랜타 브레이브스에게 승리를 거뒀으니까.

그게 다가 아니었다.

새로이 선발 라인업에 포함됐던 선수들은 애틀랜타 브레이브스와의 경기에서 말 그대로 맹활약을 펼쳤다.

박건은 무려 4안타를 터뜨리면서 혼자 4타점을 쓸어 담았다.

브라이언 마일스는 네 차례나 출루에 성공하면서 리드오프 임무를 완수했다.

또, 폴 바셋은 타석에서는 침묵했지만, 9회 말에 엄청난 호수비를 펼치며 끝내기안타가 될 수도 있던 타구를 막아냈다.

이것이 지난 경기에서 뉴욕 메츠가 명승부 끝에 애틀랜타 브레이브스를 상대로 승리를 거두었음에도 불구하고 미겔 카브레라 감독이 웃지 못했던 이유였다.

그때였다.

박건이 새로운 기사를 클릭했다.

〈사이클링히트급 맹활약으로 뉴욕 메츠의 승리를 이끈 박건.〉

본인의 이름이 등장한 기사를 확인하는 박건의 입가에는 환한 웃음이 걸려 있었다.

"제가 어제 경기에서 어마어마하긴 했죠?"

"……."

"사이클링히트만 달성했다면 더 많은 기사가 쏟아졌을 텐데. 많이 아쉽네요."

신이 난 박건의 목소리를 들은 이용운이 지적했다.

"그래 봐야 겨우 1할대 타율이다."

"쩝."

박건이 반박하지 못하고 입맛을 다시는 것을 확인한 이용운이 다시 말했다.

"지난 경기는 잊어버려라."

"하지만……."

"오늘 경기에서 못하면 말짱 도루묵이니까."

사이클링히트라는 대기록 달성을 아쉽게 놓쳤을 정도로 지난 경기 박건의 활약상은 뛰어났다.

톰 힉스 구단주가 만든 쇼케이스 무대의 첫 단추를 잘 낀 상황.

그러나 박건에게 주어진 기회는 많지 않았다.

매 경기 인생 경기를 펼쳐야만 메이저리그 잔류 가능성을 높일 수 있었다.

"저도 알고 있습니다. 그런데……."

"뭐가 마음에 걸리는 거지?"

"출전 기회가 주어질까요?"

박건이 우려하는 것.

오늘 경기에 출전할 기회가 과연 주어질까 하는 것이었다. 그리고 이용운은 박건이 이런 우려를 하는 이유를 짐작할 수 있었다.

박건의 타격감이 올라오고 있을 때, 미겔 카브레라 감독이 의도적으로 경기 출전 기회를 주지 않았던 경험을 갖고 있기 때문이었다.

"출전 기회는 주어질 것이다. 이번엔 상황이 다르니까."

이용운이 확신에 찬 목소리로 말했다.

당시와 지금은 달랐다.

톰 힉스 구단주가 전면에 나서서 쇼케이스 무대를 마련했으니 미겔 카브레라 감독도 함부로 박건을 선발 라인업에서 배제할 수 없을 것이라는 확신을 이용운은 갖고 있었다.

그런 이용운의 예상은 적중했다.


〈뉴욕 메츠 선발 라인업〉

1. 브라이언 마일스.

2. 박건.

3. 미구엘 콘포토.

4. 로빈슨 카노.

5. 피터 알론소.

6. 폴 바셋

7. 제프 맥나일
8. 후안 레이예스.
9. 타일러 애쉴리.
Pitcher. 타일러 애쉴리.

뉴욕 메츠와 애틀랜타 브레이브스의 3연전 마지막 경기를 앞두고 미겔 카브레라 감독이 발표한 선발 라인업에는 박건이 이름이 적혀 있었다.

"진짜 출전 기회가 주어졌네요."

자신의 이름이 적혀 있는 선발 라인업을 확인하고 나서야 박건이 안도의 한숨을 내쉬었다.

그렇지만 이용운은 선발 라인업을 확인한 후 슬쩍 눈살을 찌푸렸다.

선발 라인업에 포함된 선수 명단은 지난 경기와 동일했다.

그렇지만 오늘 경기 선발 라인업에는 변화가 있었다.

그 변화는 바로 타순이었다.

지난 경기 6번 타순에 포진됐었던 피터 알론소가 5번 타순에 포진했다.

또, 지난 경기 7번 타순에 포진됐었던 폴 바셋 역시 6번 타순으로 올라와 있었다.

반면 올 시즌 내내 중심 타순에 포진되어 있었던 제프 맥나일이 7번 타순으로 내려와 있었다.

'왜 타순에 변화를 준 걸까?'

그 이유에 대해서 고민하던 이용운이 눈살을 더욱 찌푸리며 입을 뗐다.

"치졸한 새끼."

그 말을 들은 박건이 당황한 기색으로 물었다.

"저한테 하신 말씀입니까?"

"후배한테 한 말이 아니다."

"그럼 누구한테 한 말입니까?"

이용운이 대답했다.

"미겔 카브레라 감독."

*            *            *

4타수 무안타.

지난 경기, 피터 알론소는 타석에서 침묵했다.

4타수 무안타.

폴 바셋 역시 타석에서 침묵했던 것은 마찬가지였다.

그런데 미겔 카브레라 감독은 오히려 두 선수의 타순을 끌어 올리는 변화를 줬다.

"미겔 카브레라 감독은 오늘 경기에서 패하고 싶어서 의도적으로 피터 알론소와 폴 바셋의 타순을 변경했다."

"네?"

"테이블세터진을 이루고 있는 브라이언 마일스와 후배가 계속 출루에 성공하면서 중심 타순에 포진한 선수들의 역할이 더욱 중요해졌다. 그런데 미겔 카브레라 감독은 최근 타격감이 좋은 편인 제프 맥나일을 5번 타순에서 7번 타순으로 내렸다. 대신 지난 경기 타석에서 침묵했던 피터 알론소를 5번 타순에, 폴 바셋을 6번 타순에 포진시킨 이유. 그건 뉴욕 메츠 공격의 맥을 끊기 위해서다. 이게 미겔 카브레라 감독이 오늘 경기에서 패하고 싶어 한다는 증거다. 그리고 내가 미겔 카브레라 감독을 치졸한 새끼라고 욕했던 이유이고."

이용운이 설명을 마쳤다.

그렇지만 박건은 여전히 이해가 가지 않는다는 표정으로 물었다.

"제가 이해가 안 가는 것은 미겔 카브레라 감독이 대체 왜 경기에서 패하길 원하는가 하는 겁니다."

"아집 때문이지."

"아집… 이요?"

"본인이 틀리지 않았다는 걸 증명하고 싶은 거야. 또 잭 니퍼트 전 단장이 영입했던 선수들이 좋은 활약을 펼쳐서 어쩔 수 없이 계속 경기에 출전시켜야 되는 상황을 만들고 싶지 않은 거야."

"그 말씀은 톰 힉스 구단주에게 반기를 들겠다는 건가요?"

"반기를 든 것은 아니다. 그랬다가는 감독직에서 잘릴 수도 있거든. 선발 라인업 명단을 바꾸지 않은 것이 반기를 든 게 아니라는 증거다. 그럴 배짱도 없는 놈이지."

"그럼……?"

"난 심리학자가 아니다."

"……?"

"미겔 카브레라 감독의 심리를 정확하게 파악하는 것은 불가능하단 뜻이다. 다만 이상하리만치 고집이 센 것은 확실하다. 그리고 그 고집 때문에 자꾸 상사들과 마찰을 일으켜 분란을 만들기도 하고."

이용운이 짤막한 한숨을 내쉬었다.

잭 니퍼트 전 단장이 물러난 상황.

결과적으로는 미겔 카브레라 감독이 승리한 셈이었다.

그리고 승리자인 미겔 카브레라 감독은 자비를 베풀어도 될 상황이었지만 그는 덕장과는 거리가 멀었다.

끝까지 고집을 피우고 있었으니까.

"피터 알론소와 폴 바셋이 걱정이네요."

잠시 후, 박건이 근심 어린 표정으로 말했다.

그 이야기를 들은 이용운이 충고했다.

"후배 코가 석 자다."

"……?"

"지금은 오지랖 부릴 때가 아니란 뜻이다."

*      *      *

타일러 애쉴리 VS 닐슨 칸테코.

양 팀의 선발투수 매치업이었다.

타일러 애쉴리는 뉴욕 메츠의 4선발을 맡고 있는 투수.

반면 닐슨 칸테코는 오늘 경기가 메이저리그 데뷔전이었다.

기존에 애틀랜타 브레이브스 선발 라인업의 한 축을 맡고 있었던 댄비 스완슨이 팔꿈치 통증으로 전력에서 이탈한 탓에 트리플A에서 콜업 되자마자 바로 선발투수로 출전한 것이 었다.

"플레이볼."

주심이 경기 시작을 알린 순간, 박건이 대기타석에서 브라이언 마일스와 닐슨 칸테코의 대결을 지켜보았다.

슈아악.

닐슨 칸테코가 초구로 선택한 구종은 직구.

"스트라이크."

브라이언 마일스는 바깥쪽 스트라이크존을 통과하는 직구를 그냥 흘려보냈다.

아니, 흘려보냈다기보다는 바깥쪽 직구를 공략할 엄두를 내지 못했다고 표현하는 편이 맞았다.

98마일.

전광판에 찍혀 있는 구속이었다.

160㎞에 육박하는 직구는 위력적이었다.

닐슨 칸테코가 구사한 위력적인 직구에 감탄했던 박건이 이내 고개를 갸웃했다.

이렇게 빠르고 위력적인 직구를 구사하는 닐슨 칸테코가 그동안 줄곧 마이너리그에 머물렀던 것이 이해가 가지 않았기 때문이었다.

슈아악.

닐슨 칸테코가 던진 2구 역시 직구.

초구와 다른 점은 코스가 바깥쪽이 아니라 몸쪽이란 것이었다.

브라이언 마일스는 이번에도 배트를 휘두르지 못했다.

160㎞에 육박하는 몸쪽 직구에 위협을 느낀 듯 타석에서 뒤로 물러섰다.

"스트라이크."

그렇지만 주심은 스트라이크를 선언했다.

노 볼 2스트라이크.

순식간에 불리한 볼카운트에 몰려 버린 브라이언 마일스가 잔뜩 웅크렸다.

그리고 3구째.

슈악.

닐슨 칸테코의 손에서 공이 떠났다.

빠른 직구를 의식한 브라이언 마일스가 배트를 내밀다가 흠칫했다.

닐슨 칸테코가 3구째로 던진 공이 직구가 아님을 뒤늦게 알아챘기 때문이었다.

브라이언 마일스가 가까스로 배트를 멈춰 세웠다.

"스트라이크아웃."

그러나 주심은 역시 스트라이크를 선언했다.

한가운데로 들어온 커브.

실투가 아니었다.

닐슨 칸테코는 의도적으로 한가운데 코스로 커브를 던졌던 것이었다.

'공략하지 못한다는 확신이 있었어.'

박건이 전광판 쪽으로 시선을 던졌다.

'82마일?'

닐슨 칸테코가 3구째로 던진 커브의 구속이 82마일인 것을 확인한 박건이 속으로 혀를 내둘렀다.

82마일은 대략 130㎞의 구속.

초구와 2구로 던졌던 직구의 구속이 160㎞에 육박했으니, 구속 차가 무려 30㎞ 가까이 나는 셈이었다.

절레절레.

커브에 꼼짝없이 당한 브라이언 마일스가 고개를 내저으며 더그아웃으로 돌아가는 모습을 지켜보던 박건이 타석으로 들어섰다.

'일단… 지켜보자.'

대기타석에서 보는 것과 직접 타석에 서서 경험하는 것.

분명히 달랐다.

그래서 박건은 우선 타석에서 닐슨 칸테코의 빠르고 위력적인 직구를 직접 경험해 보기로 결심한 것이었다.

슈아악.

그리고 타석에서 직접 경험한 닐슨 칸테코의 직구는 대기타석에서 지켜보았을 때보다 훨씬 더 빨랐다.

'하나, 둘……'

타석에 들어섰을 때 공 하나를 지켜보기로 결심했던 상황.

스윙을 할 생각은 없었지만, 박건은 마음속으로 타이밍을 쟀다.

그런데 박건의 계산보다 더 이른 타이밍에 닐슨 칸테코의 직구는 홈플레이트를 통과했다.

"스트라이크."

그리고 닐슨 칸테코의 직구는 빠르고 위력적이기만 한 것이
아니었다.

제구도 완벽에 가까웠다.

바깥쪽 낮은 스트라이크존에 걸치며 포수의 미트로 파고들었
다.

닐슨 칸테코에 대한 데이터가 전무하다시피 하기 때문일까.

이용운도 구종 예측을 하지 않았다.

스스로 수 싸움을 펼칠 수밖에 없는 상황.

박건의 머릿속이 복잡해졌다.

'몸쪽 직구? 바깥쪽 직구? 슬로커브?'

고민 끝에 박건이 다시 바깥쪽 직구가 들어올 거라 예측한 순
간, 닐슨 칸테코가 투구 동작에 돌입했다.

슈아악.

박건의 구종 예측은 반만 맞았다.

닐슨 칸테코는 직구를 구사했지만, 코스가 바깥쪽이 아니라
몸쪽이었다.

바깥쪽 직구를 타격하기 위해서 타석에 바짝 붙어 있던 박건
이 몸쪽으로 파고드는 직구를 확인하고 뒤로 물러났다.

"스트라이크."

'좀 깊지 않았나?'

주심이 스트라이크를 선언한 순간, 박건이 억울한 표정을 지었
다.

"스트라이크존에 걸쳤다."

이용운의 이야기를 듣고 포수의 미트 위치를 확인한 박건이 수긍했다.

'3구째는?'

주심에게 어필하는 것을 포기한 박건의 머릿속이 다시 바빠졌다.

'커브가 들어올 확률이 높긴 한데.'

브라이언 마일스를 상대할 당시 닐슨 칸테코의 볼배합.

초구와 2구로 직구를 던진 후, 3구째로 구속 차이가 30㎞ 가까이 나는 슬로커브를 던져서 삼구삼진을 잡아냈었다.

해서 박건이 커브를 예측하고 타격자세를 취했을 때였다.

슈아악.

닐슨 칸테코는 3구째로 커브가 아니라 바깥쪽 직구를 선택했다.

박건이 급히 배트를 휘둘렀다.

틱.

타이밍이 완전히 늦은 배트의 끝부분에 공이 맞은 순간, 박건이 안도의 한숨을 내쉬었다.

간신히 커트를 해내는 데 성공하면서 삼구삼진을 당하는 것을 면할 수 있었기 때문이었다.

반면 아쉬운 표정을 짓고 있던 닐슨 칸테코가 4구째 공을 던졌다.

슈악.

'슬로커브?'

직구를 의식하고 있던 박건이 타석에서 움찔한 사이, 슬로커브는 홈플레이트를 통과했다.

'당했다!'

꼼짝없이 당했다고 판단한 박건이 한숨을 내쉬며 타석에서 벗어나려다가 멈추었다.

주심이 스트라이크 선언을 하지 않았기 때문이었다.

"…볼."

주심은 한 박자 늦게 볼로 선언했다.

'높았다고 판단했구나.'

한가운데로 들어온 커브는 스트라이크 선언을 해도 무방했을 정도였다.

그렇지만 주심은 조금 높았다고 판단해서 스트라이크 대신 볼로 선언했다.

결정구로 구사한 회심의 슬로커브가 스트라이크 판정을 받지 못하자, 닐슨 칸테코는 아쉬운 기색을 감추지 못하고 드러냈다.

그러나 박건은 기뻐하지 못했다.

'운이 좋았어.'

삼진을 당하지 않았던 것이 운이 좋았기 때문임을 알고 있어서였다.

'어렵다.'

잠시 후, 박건이 절레절레 고개를 흔들었다.

'다음 공은?'

지금까지 닐슨 칸테코는 두 가지 구종만 사용했다.

직구, 그리고 슬로커브.

그런데 두 구종의 구속 차가 무려 30㎞ 가까이 나다 보니, 타이밍을 맞추는 것이 무척 어려웠다.

'커브를 노릴까? 그런데 직구가 들어오면 내가 커트해 낼 수 있을까?'

아까 닐슨 칸테코의 바깥쪽 직구를 가까스로 커트해 낼 수 있었던 것은 운이 따랐기 때문이었다.

이번에도 운이 따를 것이란 확신이 없었다.

"타임."

타석에서 벗어나며 일단 시간을 벌었지만, 여전히 해법을 찾기 어려웠다.

'포기할까?'

그래서 박건의 마음이 약해졌을 때였다.

"이게 마지막 기회다."

이용운이 했던 말이 귓가에 되살아났다.

박건 역시 자신에게 주어진 마지막 기회를 꼭 살려서 KBO 리그 복귀가 아닌 메이저리그에서 도전을 계속 이어나가고 싶었다.

그것을 위해서는 마지막 기회를 꼭 살려야 했다. 그리고 많은 기회가 주어지지 않는 만큼, 이번 타석을 함부로 포기할 수는 없었다.

'어떻게든 방법을 찾아내야 해.'

지익. 지이익.

박건이 장갑을 고쳐 끼면서 시간을 번 후, 필사적으로 방법을 찾았다.

그런 박건이 퍼뜩 떠올린 것은… 투수 박건이었다.

*　　　*　　　*

와아.

와아아.

관중들의 환호성으로 인해 귀가 따가울 지경이었다.

그 환호성 속에서 마운드로 걸어 올라가는 것이 마치 꿈처럼 느껴졌다.

프로 무대 첫 선발투수 출전.

오랫동안 꿈꾸던 미래가 현실이 된 셈이었다.

첫 선발투수로 출전한 경기의 상대는 강팀 중앙 드래곤즈.

막강 화력을 발휘하고 있는 타선의 힘을 원동력으로 중앙 드래곤즈는 리그 3위를 달리고 있었다.

그렇지만 박건은 중앙 드래곤즈의 강타자들을 상대로 주눅들지 않고 마운드에서 씩씩하게 자신의 공을 뿌렸다.

박건의 주무기는 150㎞에 육박하는 강속구.

마음먹은 대로 제구가 잘됐고, 공에 힘도 있었다.

그래서 중앙 드래곤즈 타자들은 박건의 공을 제대로 공략하지 못했다.

슈악.

부우웅.

"스트라이크아웃."

중앙 드래곤즈 테이블세터진을 연속 삼진으로 돌려세우고

난 후, 박건은 마치 고압 전류에 감전된 것처럼 짜릿함을 느꼈다.

그리고 중앙 드래곤즈의 3번 타자 장민호를 상대할 때, 박건은 욕심이 생겼다.

직구, 그리고 슬라이더.

박건은 두 가지 구종만 던져서 중앙 드래곤즈 테이블세터진을 연속 삼진으로 돌려세웠다.

코너 구석구석을 찌르는 직구로 카운트를 유리하게 잡고, 슬라이더를 결정구로 사용해서 두 개의 삼진을 끌어낸 것이었다.

'내가 던질 수 있는 공은 이게 끝이 아니다.'

박건은 투 피치 유형의 투수가 아니었다.

직구와 슬라이더 외에 커브와 포크볼도 던질 수 있었다.

노 볼 2스트라이크.

후우.

몸쪽과 바깥쪽 직구를 잇따라 던져서 유리한 카운트를 잡아내는 데 성공한 후 박건이 크게 숨을 골랐다.

수많은 사람들 앞에서 직구와 슬라이더 외에 다른 구종의 공도 던질 수 있는 준비된 투수라는 것을 보여주고 싶었다.

슈악.

해서 박건은 3구째로 포크볼을 던졌다.

장민호의 헛스윙을 끌어내기 위해 구사한 포크볼이었는데.

제구가 뜻대로 되지 않았다.

밋밋한 포크볼은 한가운데로 몰렸다.

따악.

묵직한 타격음이 울려 퍼진 순간, 박건이 급히 고개를 돌렸다.

외야 관중석 중단에 떨어지는 장민호의 타구를 확인한 박건이 고개를 떨궜다.

제5장

'욕심이었어.'

당시의 기억을 떠올리던 박건이 자책했다.

직구와 슬라이더.

두 가지 구종을 모두 완벽하게 구사하고 있었던 상황이었다.

그런데 투수 박건은 더 많은 구종은 구사할 수 있는 좋은 투수라는 것을 보여주고 싶다는 욕심이 앞서서 포크볼을 구사했다가 실투가 나오면서 장민호에게 홈런을 허용했던 것이었다.

그리고 박건이 욕심을 품었던 이유는… 그 경기가 일종의 쇼케이스 무대였기 때문이었다.

다른 선발투수가 부상을 당해서 전력에서 이탈한 덕분에 운 좋게 선발투수로 출전할 기회를 잡았지만, 다음에 또다시 기회가 주어질 것이라고는 확신할 수 없었다.

그로 인해 박건은 마운드 위에서 최대한 많은 것을 보여주고 싶었었다.

'그 욕심으로 인해 경기를 망쳤지.'

자책을 이어나가던 박건이 고개를 흔들었다.

지금은 자책하고 있을 때가 아니란 생각이 들었기 때문이었다.

'나와… 비슷해.'

박건이 두 눈을 빛내며 마운드에 서 있는 닐슨 칸테코를 힐끗 바라보았다.

오늘 경기가 닐슨 칸테코의 메이저리그 첫 선발투수 출전 경기.

기존 애틀랜타 브레이브스의 선발투수였던 댄비 스완슨의 갑작스런 부상으로 인해 얻은 기회였다. 그리고 닐슨 칸테코에게 다음 선발투수 출전은 보장되어 있지 않은 상태였다.

닐슨 칸테코 입장에서는 오늘 경기에서 인상적인 투구를 펼쳐야만, 계속 메이저리그에서 생존할 수 있는 것이었다.

KBO 리그에서 처음으로 선발투수로 출전했던 박건과 엇비슷한 상황.

닐슨 칸테코는 당시의 박건과 마찬가지로 오늘 경기에서 자신이 좋은 투수라는 것을 증명해야 했다.

'닐슨 칸테코는 스리 피치 유형의 투수.'

닐슨 칸테코의 트리플A 경기를 분석한 분석 팀에서 건넨 정보에 의하면 그는 스리 피치 유형의 투수였다.

직구와 슬로커브, 그리고 슬라이더를 구사할 수 있었다.

현재까지 닐슨 칸테코가 보여준 구종은 직구와 슬로커브 두 개뿐이었다.

그래서 박건은 닐슨 칸테코가 본인이 다른 구종도 구사할 수 있다는 것을 보여주고 싶은 욕심에 사로잡힐 가능성이 충분히 있다고 판단했다.

'슬라이더.'

박건이 치열했던 수 싸움을 마치고 다시 타석에 들어섰다.

만약 수 싸움이 빗나간다면?

그래서 슬라이더가 아닌 직구나 슬로커브가 들어온다면?

'그땐… 어쩔 수 없다.'

박건이 직구나 슬로커브가 들어올 경우 속수무책으로 당할 각오를 한 채 타격 준비를 마쳤을 때였다.

슈악.

닐슨 칸테코의 손에서 공이 떠났다.

그리고 수 싸움에서 승리를 거둔 것은 박건이었다.

바깥쪽 슬라이더를 확인한 박건이 힘들이지 않고 가볍게 밀어 쳤다.

따악.

배트 중심에 걸린 타구는 뒷걸음질 치면서 점프캐치를 시도한 우익수의 글러브를 살짝 넘기고 떨어졌다.

타다닷.

쫘악.

여유 있게 2루에 도착한 박건이 결과에 만족하면서 박수를 쳤다.


* * *


0—3.

뉴욕 메츠는 박건이 2루타를 때려내며 만든 1회 초의 득점 찬스를 살리지 못했다.

반면 애틀랜타 브레이브스는 1회 말 공격에서 뉴욕 메츠의 선발투수 테일러 애쉴리를 공략해서 3점을 뽑아냈다.

그 후로는 예상치 못했던 팽팽한 투수전이 이어졌고, 3점 차로 뒤지고 있는 뉴욕 메츠의 6회 초 공격이 시작됐다.

1사 주자 없는 상황에서 미겔 카브레라 감독은 투수 타석에 대타자 윌슨 라모스를 기용했다.

더그아웃에서 경기를 지켜보던 박건이 닐슨 칸데코와의 두 번째 승부를 떠올렸다.

첫 타석에서 박건에게 장타를 허용했던 닐슨 칸데코는 조심스럽게 승부했다.

풀카운트까지 이어진 승부.

박건은 닐슨 칸데코가 결정구로 직구, 혹은 슬로커브를 던질 거라 예상했다.

첫 타석에서 슬라이더를 던지다가 장타를 허용했기 때문이었다.

그러나 닐슨 칸데코는 박건의 예상과 달리 결정구로 슬라이더를 던졌다.

구종 예측이 빗나간 탓에 내야땅볼로 물러난 후, 박건은 닐슨 칸테코의 배짱에 감탄했었는데.

닐슨 칸테코는 오늘 경기가 메이저리그 데뷔전이라고 믿기지 않을 정도로 마운드에서 대단한 호투를 펼치고 있었다.

박건에게 허용한 2루타가 닐슨 칸테코의 유일한 피안타.

현재까지 74개의 공을 던지며 투구수 조절도 잘된 상태였다.

슈악.

따악.

그때, 경쾌한 타격음이 울려 퍼졌다.

투수 타석에 대타자로 기용된 윌슨 라모스는 닐슨 칸테코가 초구로 던진 슬라이더를 노려 쳐서 중전안타를 터뜨렸다.

1사 1루 상황에서 타석에 들어선 브라이언 마일스는 닐슨 칸테코를 상대로 끈질긴 승부를 펼쳤다.

풀카운트에서 배트를 짧게 쥐고 직구를 잇따라 커트해 내면서 타석에서 쉽게 물러나지 않았다.

이어진 8구째.

슈악.

닐슨 칸테코의 선택은 슬라이더였다.

따악.

브라이언 마일스가 마치 기다렸다는 듯이 매섭게 배트를 돌렸다.

1루수의 키를 훌쩍 넘긴 타구는 라인 선상을 살짝 벗어나며 파울이 됐다.

잘 맞은 타구가 아쉽게 파울이 된 것을 확인한 브라이언 마일스가 아쉬운 기색을 감추지 못하고 타석으로 돌아왔다.

반면 닐슨 칸테코는 안도의 한숨을 내쉬었다.

다시 이어진 두 선수의 승부.

슈악.

닐슨 칸테코가 브라이언 마일스를 상대로 9구째로 던진 공은 역시 슬라이더였다.

브라이언 마일스의 헛스윙을 유도하기 위한 닐슨 칸테코의 슬라이더 각은 예리했다.

그러나 브라이언 마일스의 배트를 끌어내는 데 실패했다.

"볼."

브라이언 마일스가 뛰어난 선구안을 발휘하며 잘 참아낸 덕에 볼넷을 얻어 출루하는 데 성공했다.

"고집이 있구나."

브라이언 마일스에게 볼넷을 허용한 것에 아쉬움이 많이 남아서일까.

모자를 벗어서 바닥에 팽개치려다가 그만두고 다시 눌러쓰는 닐슨 칸테코를 바라보던 이용운이 말했다.

그 이야기를 들은 박건도 수긍했다.

브라이언 마일스를 상대로 8구째에 슬라이더를 결정구로 던지다가 장타가 될 뻔한 파울 타구를 이미 허용했던 상황.

해서 대기타석에 서 있던 박건은 닐슨 칸테코가 9구째로 직구혹은 슬로커브를 구사할 거라 예상했다.

그러나 닐슨 칸테코는 9구째에 한 번 더 슬라이더를 던졌다.

그의 고집이 느껴지는 장면이었다.

1사 1, 2루 상황에서 박건이 타석에 들어섰다.

슈악.

닐슨 칸테코의 초구는 커브였다.

"스트라이크."

직구를 기다렸던 박건은 배트를 내밀지 못하고 그냥 지켜보았다.

'위력적이야.'

직구와 구속 차이가 워낙 컸기에 닐슨 칸테코의 슬로커브는 더욱 위력을 발휘하고 있었다.

그리고 2구째.

슈악.

부우웅.

박건이 휘두른 배트가 허공을 갈랐다.

'슬라이더?'

직구를 던질 거란 박건의 예상이 빗나갔다.

너무 빨리 돌아간 배트는 슬라이더에 대처하기에 역부족이었다.

노 볼 2스트라이크.

불리한 볼카운트에 몰린 박건이 크게 숨을 내쉬었다.

닐슨 칸테코를 세 번째로 상대하는 지금, 그는 아직 직구를 보여주지 않은 상태였다.

게다가 슬로커브도 의식하지 않을 수 없었다.

'어렵다.'

수 싸움이 불가능할 정도로 닐슨 칸테코의 볼배합을 예측하기 어려웠다.

그로 인해 답답함을 느끼던 박건이 퍼뜩 떠올린 것은 아까 이용운이 했던 말이었다.

"고집이 있구나."

브라이언 마일스를 상대로 직구와 커브를 결정구로 사용하지 않고 계속 슬라이더를 구사했던 것이 닐슨 칸테코가 고집이 센 편이라는 증거였다.

'슬라이더.'

거기까지 생각이 미친 순간, 박건이 떠올린 구종이었다.

잠시 후, 닐슨 칸테코가 투구 동작에 돌입했다.

슈악.

그의 손을 떠난 공의 궤적을 살피던 박건이 지체 없이 배트를 휘둘렀다.

따악.

배트 중심에 걸린 타구가 외야 펜스를 살짝 넘기고 떨어졌다.

　　　　　*　　　　　*　　　　　*

'넘어갔다.'

동점을 만드는 석 점 홈런을 때린 박건이 그라운드를 돌아 홈 플레이트를 통과했을 때, 2루 주자였던 윌슨 라모스와 1루 주자인 브라이언 마일스가 기다리고 있었다.

그리고 홈플레이트를 미리 통과한 후 박건이 도착하길 기다리고 있던 두 선수의 반응은 달랐다.

탁.

윌슨 라모스는 수고했다는 듯 박건의 어깨를 가볍게 두드렸다.

그런 그의 표정은 밝지 않았다.

반면 브라이언 마일스는 박건을 덥썩 끌어안았다.

그런 그의 만면에는 환한 웃음이 떠올라 있었다.

"소문과는 많이 다르네."

브라이언 마일스가 웃으며 던진 말을 들은 박건이 물었다.

"어떤 소문을 들었지?"

"박건이 아주 형편없는 타자라는 소문을 귀가 따갑도록 들었지. 그런데 직접 확인해 보니 아주 형편없지는 않네."

브라이언 마일스와 대화를 나눈 박건이 더그아웃으로 돌아왔다.

끌려가던 경기의 균형추를 맞추는 동점 석 점 홈런을 때렸음에도 불구하고, 미겔 카브레라 감독은 박건은 반겨주지 않았다.

그라운드만 주시하며 박건에게는 시선조차 주지 않았다.

'확실히… 날 싫어해.'

미겔 카브레라 감독의 반응을 확인한 박건이 쓴웃음을 머금었다.

다른 선수들이 홈런을 때리고 더그아웃에 돌아왔을 때, 미겔 카브레라 감독은 하이 파이브를 나누었다.

그런데 박건이 홈런을 때리고 더그아웃으로 돌아왔을 때는 하이 파이브를 나누긴커녕, 일별조차 주지 않았다.

이것이 미겔 카브레라 감독이 자신을 싫어한다는 증거.

그로 인해 기분이 상한 박건이 더그아웃으로 걸어가려다가 멈추고 몸을 돌렸다.

"왜 그래?"

박건의 돌발 행동에 이용운이 당황한 기색으로 물었다.

"한마디 하려고요."

"지금?"

"네."

"하지만……."

"지금이 적기인 것 같아서요."

미겔 카브레라 감독에게 그동안 서운한 점이 무척 많았다.

그럼에도 불구하고 박건이 꾹 참고 있었던 이유는 그동안 워낙 타석에서 부진했기 때문이었다.

그런데 이제는 상황이 달라졌다.

타격 부진에서도 어느 정도 벗어났으니 지금이 미겔 카브레라 감독에게 불만을 쏟아낼 적기라는 생각이 든 것이었다.

"말리지 마세요."

잠시 후, 박건이 미겔 카브레라 감독에게 다가갔다.

박건이 다가오는 것을 알아챈 미겔 카브레라 감독이 고개를 돌린 순간, 박건이 차가운 목소리로 쏘아붙였다.

"인생 그딴 식으로 살지 마시죠."

"미국에 온 보람이 있네요."

관중석에서 경기를 지켜보던 송이현이 웃으며 말했다.

송이현이 미국으로 찾아오기 전, 박건은 극심한 부진에 빠져 있었다.

그런데 송이현이 찾아오고 난 후, 박건은 언제 그랬냐는 듯 길었던 타격 슬럼프에서 벗어나고 있었다.

어제 경기에서 사이클링히트급 맹활약을 펼친 데다가 오늘 경기에서도 승부처에서 동점을 만드는 극적인 석 점 홈런을 터뜨렸다.

"닐슨 칸테코는 카운터펀치를 얻어맞고 비틀거리고 있습니다."

제임스 윤도 같은 의견이었다.

박건의 석 점 홈런이 호투하던 닐슨 칸테코에게 카운터펀치나 마찬가지였다고 표현했다.

그리고 아직 끝이 아니었다.

슈악.

따악.

동점 상황에서 타석에 등장한 뉴욕 메츠의 3번 타자 미구엘 콘포토는 흔들리는 닐슨 칸테코의 슬로커브를 노려서 제대로 받아 쳤다.

백투백홈런.

박건의 석 점 홈런에 이어서 미구엘 콘포토까지 홈런을 터뜨리면서 뉴욕 메츠는 단숨에 역전을 만들어내는 데 성공했다.

"박건 선수의 석 점 홈런이 닐슨 칸테코를 무너뜨렸습니다. 아마 닐슨 칸테코는 강판될 겁니다."

제임스 윤의 예측은 적중했다.

닐슨 칸테코가 박건과 미구엘 콘포토에게 백투백홈런을 얻어맞자, 애틀랜타 브레이브스의 감독인 브라이언 스니커가 더그아웃을 박차고 나왔다.

브라이언 스니커 감독이 마운드로 올라가서 닐슨 칸테코에게서 공을 건네받는 모습을 바라보던 송이현이 제임스 윤에게 물었다.

"박건 선수는 어떻게 슬럼프를 극복한 거죠?"

"이유는 캡틴도 알고 있지 않습니까?"

"……?"

"아까 미국에 온 보람이 있다고 말씀하셨지 않습니까?"

"그러니까… 내 덕분이다?"

"좀 더 정확히 말하면 캡틴이 미국에 찾아왔기 때문입니다. 캡틴이 뉴욕 메츠의 톰 힉스 구단주를 만났기 때문에 박건 선수에게 경기 출전 기회가 주어졌으니까요."

"하지만 그 전에도 박건 선수에게 기회는 어느 정도 주어졌었잖아요?"

송이현과 박건은 달랐다.

박건은 전 소속 팀인 청우 로열스에 대해 무관심했다.

그러나 송이현은 박건이 뉴욕 메츠 소속 선수가 된 후에도 꾸준히 관심을 갖고 지켜봐 왔다.

해서 미겔 카브레라 감독이 박건에게 어느 정도 출전 기회를 주었다는 사실을 알고 있는 것이었다.

그렇지만 제임스 윤은 고개를 흔들었다.

"미겔 카브레라 감독이 박건 선수에게 출전 기회를 주긴 했지만, 납득하기 힘든 부분이 많았습니다. 박건 선수는 주로 각 팀의 에이스급 투수들이 출전하는 경기에 선발 라인업에 포함됐고, 3선발에서 5선발 투수들이 출전하는 경기에는 대부분 포지션 경쟁자인 페테르 알론조가 출전했죠. 아, 표현을 정정하겠습니다. 대부분이 아니라 무조건 페테르 알론조가 경기에 출전했습니다."

'그랬었나?'

제임스 윤의 이야기를 듣고 기억을 더듬던 송이현이 고개를 끄덕였다.

그의 말이 모두 사실이었기 때문이었다.

"제임스의 말은… 미겔 카브레라 감독이 일부러 그런 식으로 선수 기용을 했단 뜻인가요?"

"맞습니다."

"이유는요?"

"저도 모릅니다."

"네?"

"그렇지만 추측은 가능합니다. 미겔 카브레라 감독이 일부러 그런 식으로 선수 기용을 한 것은 박건 선수를 궁지로 몰아넣기 위해서일 겁니다."

"미겔 카브레라 감독이 박건 선수에게 대체 무슨 억하심정이 있어서 그렇게까지 한 거죠?"

"박건 선수에게 억하심정이 있었던 건 아닐 겁니다."

"그럼요?"

"미겔 카브레라 감독은 잭 니퍼트 전 단장에게 억하심정이 있었을 겁니다. 두 사람의 불화는 소문이 났을 정도였으니까요. 그리고 박건 선수는 잭 니퍼트 전 단장이 영입을 주도했던 선수입니다. 만약 박건 선수가 뉴욕 메츠에서 맹활약을 펼친다면 잭 니퍼트 전 단장의 영입은 성공이라고 평가를 받으며 그에게 힘이 실렸을 겁니다. 미겔 카브레라 감독은 그게 싫었을 겁니다."

제임스 윤의 설명은 일리가 있었다.

그러나 전후 사정을 잘 알지 못하는 송이현이 반신반의하고 있을 때, 제임스 윤의 이야기가 이어졌다.

"그뿐만이 아닙니다. 미겔 카브레라 감독은 박건 선수의 타격감이 올라올 때 경기 출전을 시키지 않았습니다. 들쭉날쭉하게 경기 출전 기회를 주었고, 그로 인해 박건 선수는 타격감과 경기감각을 유지하기 어려웠을 겁니다. 이것이 박건 선수가 메이저리그 적응에 실패하고 긴 슬럼프에 빠졌던 이유입니다."

메이저리그에 진출한 박건이 극심한 부진에 빠졌던 이유.

막연히 리그 수준의 격차로 인해 적응에 어려움을 겪었기 때문이라고 판단했다.

그러나 제임스 윤의 이야기를 듣고 난 후, 송이현의 생각이 바뛰었다.

박건이 극심한 부진에 빠졌던 가장 큰 이유는 미겔 카브레라 감독의 납득하기 어려운 용병술이라는 요인 때문이었다.

잠시 후, 송이현이 제임스 윤의 얼굴이 상기되어 있는 것을 확인하고 물었다.

"왜 얼굴이 달아올랐어요?"

"얘기를 하다 보니 미겔 카브레라 감독에게 더욱 화가 나네요."

"전혀 몰랐네요."

"뭘 몰랐단 겁니까?"

"제임스가 박건 선수에게 이렇게 애정이 많았다는 것이요."

박건이 메이저리그 적응에 어려움을 겪으며 극심한 부진에 빠졌던 이유를 알고 있는 것, 또 원인 제공자였던 미겔 카브레라 감독에게 분노하는 것이 제임스 윤이 박건에게 애정이 있다는 증거였다.

그 점을 지적하자, 제임스 윤은 부인하는 대신 순순히 수긍했다.

"박건 선수에게 애정이 많습니다."

"이유는요?"

"좋은 선수니까요."

"……?"

"그래서 이렇게 허무하게 메이저리그 도전을 끝내기에는 너무 아쉽다는 생각을 갖고 있었습니다."

줄곧 그라운드에서 시선을 떼지 않던 제임스 윤이 고개를 돌렸다.

그런 그가 송이현을 바라보며 말했다.

"제가 충고 하나 드릴까요?"

"어떤 충고죠?"

"지금 웃고 계실 때가 아닙니다."

"……?"

"박건 선수가 좋은 활약을 펼치는 것을 보고 캡틴이 웃고 있으면 안 된다는 뜻입니다."

"왜 내가 좋아하면 안 된다는 거죠?"

송이현이 의아한 표정을 지었다.

불과 조금 전 제임스 윤도 박건 선수에게 애정이 있다고 밝혔다.

그런데 박건 선수가 극심한 슬럼프에서 벗어나 맹활약을 펼치기 시작하는 것을 보며 웃어서는 안 된다는 제임스 윤의 충고가 이해가 가지 않는 것이었다.

그때, 제임스 윤이 물었다.

"캡틴이 미국을 찾아온 이유가 뭡니까?"

"박건 선수를 청우 로열스로 재영입하기 위함이라는 것, 제임스도 잘 알고 있잖아요?"

"그래서 드린 충고였습니다. 오 푼에도 한참 미치지 못하던 박건 선수의 타율은 안타를 몰아친 덕분에 어느새 이 할을 돌파했습니다. 게다가 승부처에서 해결사 역할을 해내며 강한 인상을 남기고 있죠. 만약 앞으로 출전할 향후 몇 경기에서 박건 선수가 계속 이런 모습을 보인다면, 캡틴은 이곳에 찾아온 목적을 달성하지 못하게 될 가능성이 높습니다."

"그러니까 제임스가 방금 한 말은 내가 박건 선수를 청우 로
열스로 재영입하는 데 실패할 거란 뜻이죠?"

"맞습니다. 박건 선수가 계속 좋은 활약을 펼치면 메이저리그
타 구단에서 영입 의사를 밝힐 가능성이 높기 때문입니다."

송이현의 입가에 머물러 있던 웃음이 사라졌다.

대신 그녀의 표정이 딱딱하게 굳어졌을 때였다.

"그게 바로 톰 힉스 구단주가 바라는 그림입니다. 그래서 박건
선수에게 갑자기 출전 기회를 부여한 것이죠."

"톰 힉스 구단주가 쇼케이스 무대를 준비했다?"

"정확합니다."

"그리고 박건 선수는 본인에게 주어진 마지막 기회를 잡기 위
해서 최선을 다하고 있는 상황이다?"

제임스 윤이 고개를 끄덕이는 것을 확인한 송이현이 머리를
긁적였다.

"그럼 난 어떻게 해야 하나요? 박건 선수를 청우 로열스로 재
영입하기 위해서는 그가 좋은 활약을 펼치지 못하도록 바라야
하는 건가요?"

"그렇습니다."

제임스 윤의 대답을 들은 송이현이 한숨을 내쉬며 덧붙였다.

"이거 참… 어렵네요."

*          *          *

4-3.

박건과 미구엘 콘포토의 백투백홈런 덕분에 뉴욕 메츠는 단숨에 경기를 역전시켰다.

'이대로 경기가 끝나기를.'

박건이 내심 바랐지만, 내셔널리그 동부 지구 선두를 달리는 애틀랜타 브레이브스는 호락호락한 팀이 아니었다.

8회 말 공격에서 애틀랜타 브레이브스는 추격 기회를 잡았다.

오늘 경기 뉴욕 메츠의 세 번째 투수로 출전한 팀 피터슨은 8회에 마운드에 오르자마자 1번 타자 아지 알비스에게 2루타를 허용했다.

무사 2루 상황에서 타석에는 2번 타자 조쉬 도날드슨이 들어섰다.

2루 주자인 아지 알비스는 발이 무척 빠른 선수.

짧은 안타만 허용해도 실점을 허용할 가능성이 높았다.

해서 박건이 잔뜩 집중하고 있을 때였다.

슈악.

1볼 1스트라이크의 볼카운트에서 팀 피터슨이 3구째로 던진 슬라이더가 가운데로 몰렸다. 그리고 조쉬 도날드슨은 실투를 놓치지 않았다.

따악.

경쾌한 타격음을 만들어낸 조쉬 도날드슨의 타구는 우중간으로 날아갔다.

'넘어갔다.'

타구의 궤적을 눈으로 좇던 박건이 한숨을 내쉬었다.

조쉬 도날드슨이 때린 타구가 역전 투런홈런이 될 거라고 판단했기 때문이었다.

그런 박건의 눈에 끝까지 포기하지 않고 타구를 쫓아가는 우익수 피터 알론소의 모습이 들어왔다.

탁.

펜스 쪽으로 달리는 속도를 늦추지 않으며 고개를 돌려서 타구를 확인한 피터 알론소가 점프하며 외야 펜스를 짚은 채 글러브를 쭉 내밀었다.

와아.

와아아.

조쉬 도날드슨의 타구가 역전 투런홈런이 될 거라고 확신한 애틀랜타 브레이브스 홈 팬들의 환호성이 갑자기 뚝 그쳤다.

'잡았다.'

피터 알론소는 외야 펜스를 넘어가던 조쉬 도날드슨의 홈런성 타구를 낚아채는 기막힌 호수비를 펼쳤다.

타다닷.

그사이, 2루 주자였던 아지 알비스가 태그업을 시도해서 3루에 안착했다.

'엄청난 수비.'

박건이 피터 알론소의 수비에 감탄하고 있을 때, 이용운이 소리쳤다.

"집중해. 아직 경기 안 끝났으니까."

이용운의 말대로였다.

피터 알론소의 호수비 덕분에 뉴욕 메츠는 실점을 막아냈다.

그러나 1사 3루의 실점 위기는 이어지고 있었다.

조쉬 도날드슨의 뒤를 이어 타석에 들어선 것은 3번 타자 프레디 프리먼.

슈아악.

프레디 프리먼은 팀 피터슨의 초구를 공략했다.

딱.

배트 상단에 맞은 타구는 좌익수인 박건의 수비위치로 향했다.

'태그업을 할 거야.'

낙구 지점을 예측하고 일찌감치 이동한 박건은 발 빠른 아지 알비스가 태그업을 해서 홈으로 파고들 거라고 판단했다.

'잡아낸다.'

타다닷.

그런 박건의 예상대로였다.

박건이 타구를 잡아낸 순간, 3루 주자 아지 알비스가 태그업을 시도해서 맹렬히 홈으로 파고들었다.

쐐애액.

홈승부를 준비하고 있던 포수의 미트로 박건의 송구가 노바운드로 정확히 도착했다. 그리고 포수는 헤드퍼스트슬라이딩을 감행한 아지 알비스의 어깨 부근을 태그했다.

"아웃."

주심이 아웃을 선언한 순간, 아지 알비스가 황망한 표정을 지었다.

발이 빠른 편인 아지 알비스는 프레디 프리먼의 외야플라이가 얕지 않았기에 당연히 홈승부에서 세이프가 될 거라 예상했을 터.

그런데 예상이 빗나가자 당황한 기색이 역력했다.

반면 강하고 정확한 송구로 태그업을 시도했던 3루 주자 아지 알비스를 홈에서 잡아내는 데 성공한 박건이 주먹을 불끈 움켜쥐었을 때, 이용운이 말했다.

"야구는 흐름의 경기. 오늘 경기는 뉴욕 메츠가 잡았다."

*          *          *

최종 스코어 4—3.

뉴욕 메츠는 선발 라인업에 큰 폭의 변화를 준 후, 2연승을 달렸다.

전문가들의 예상을 빗나가게 만든 결과.

"심술궂은 승부의 신이 한 번 더 심술을 부렸네요."

뉴욕 메츠가 전문가들의 예상을 깨고 강팀 애틀랜타 브레이브스를 상대로 연승을 거둔 것으로 인해 기분이 좋은 걸까.

박건이 웃으며 밀했다.

그렇지만 이용운은 고개를 흔들었다.

'승부의 신이 심술을 부린 게 아냐.'

선발 라인업에 큰 폭의 변화를 가져간 뉴욕 메츠가 강호 애틀랜타 브레이브스를 상대로 2연승을 거둘 수 있었던 데는 이유가 있었다.

그 이유는 바로 절박함이었다.

브라이언 마일스, 폴 바셋, 그리고 피터 알론소.

박건과 함께 뉴욕 메츠의 선발 라인업에 새로이 포함된 선수들이었다.

그리고 뉴욕 메츠가 애틀랜타 브레이브스를 상대로 2연승을 거둔 데는 이 네 선수의 활약이 컸다.

아니, 이 네 선수의 활약상 덕분에 이겼다고 표현해도 무방했다.

우선 박건은 두 경기를 치르는 동안 무려 7안타를 때렸다.

그 7안타 중에는 홈런이 두 개나 포함되어 있었고, 찬스에 강한 면모를 드러내면서 7타점이나 올렸다.

혼자서 뉴욕 메츠의 타선을 하드 캐리 했다고 표현해도 무방할 정도였다.

브라이언 마일스는 리드오프로서 임무를 완벽하게 소화했다.

두 경기를 치르는 동안 무려 6차례나 출루에 성공하면서 뉴욕 메츠 공격의 물꼬를 텄다.

8타수 1안타를 기록한 폴 바셋은 타석에서는 부진했다.

그렇지만 유격수로서 안정적인 수비를 펼쳤다.

특히 애틀랜타 브레이브스와의 3연전 2차전에서 9회 말 끝내기안타가 될 뻔했던 로날드 아쿠냐 주니어의 잘 맞은 타구를 잡아낸 호수비 덕분에 뉴욕 메츠의 승리를 지킨 것이 압권이었다.

피터 알론소 역시 타석에서는 부진했다.

그렇지만 그도 뛰어난 수비를 펼쳤다.

피터 알론소가 오늘 경기에서 조쉬 도날드슨의 홈런성 타구를 잡아낸 호수비가 뉴욕 메츠가 승리를 거둘 수 있었던 데 큰 기여를 했다.

그리고 이용운은 새로이 뉴욕 메츠의 선발 라인업에 합류한 네 선수가 훌륭한 활약을 펼치는 이유를 절박함 때문이라고 판단했다.

'이번 기회를 잡지 못하면 끝이다.'

이런 절박함이 있었기 때문에 경기 출전 기회를 얻은 박건을 포함한 네 선수들은 최고의 집중력을 보여주고 있는 것이었다.

잠시 후, 이용운이 박건에게 물었다.

"왜 그랬냐?"

"뭘 말입니까?"

"왜 한국어로 했냐고?"

뉴욕 메츠와 애틀랜타 브레이브스의 3연전 마지막 경기.

6회 초에 동점을 만드는 석 점 홈런을 때리고 더그아웃으로 돌아오던 박건은 미겔 카브레라 감독을 찾아갔다.

동점 석 점 홈런을 때리고 돌아왔음에도 시선조차 주지 않는 미겔 카브레라 감독의 반응에 격분했기 때문이었다.

"인생 그딴 식으로 살지 마시죠."

당시 박건이 미겔 카브레라 감독의 면전에서 했던 말이었다.

그렇지만 큰 소란이 일지는 않았다.

박건이 그 말을 영어가 아닌 한국어로 한 탓에 미겔 카브레라 감독이 알아듣지 못했기 때문이었다.

"그냥… 참았습니다."

"기왕 한국어로 할 거면 욕이라도 한바탕 내뱉지 그랬느냐?"

"저도 처음엔 그럴 생각이었습니다."

"그런데?"

"도중에 생각이 바뀌었습니다."

"생각이 바뀐 이유는?"

"미겔 카브레라 감독과 똑같은 인간이 되기 싫어서요."

박건이 꺼낸 이유를 들은 이용운이 만족스레 웃었다.

"잘했다. 지금 후배가 싸울 상대는 미겔 카브레라 감독이 아니니까."

최상의 결과는 메이저리그 타 구단 이적.

최악의 결과는 청우 로열스 복귀.

어떤 결과지를 받아 들던 간에 박건은 결국 뉴욕 메츠와 결별 수순을 밟게 될 것이었다.

그러니 이제 와서 굳이 미겔 카브레라 감독과 대립각을 세울 필요는 없었다.

"하나만 더 묻자."

"또 뭡니까?"

"닐슨 칸테코를 상대로 동점 석 점 홈런을 때렸을 때, 그가 슬라이더를 던질 것을 어떻게 정확하게 예측했느냐?"

이용운이 질문하자, 박건이 대답했다.

"선배님 덕분이었습니다."

'난… 한 게 없는데?'

이용운이 고개를 갸웃했다.

닐슨 칸테코는 메이저리그 데뷔전을 치렀던 신인 투수.

분석할 수 있는 데이터가 많지 않았다.

게다가 최근 들어 구종 예측이 계속 빗나가는 상황.

박건에게 괜한 혼선을 주고 싶지 않아서 이용운은 경기 도중에 일체 구종 예측을 하지 않았다.

그럼에도 불구하고 박건은 닐슨 칸테코를 상대로 동점 석 점 홈런을 때려낼 당시 수 싸움에 성공한 것이 자신 덕분이라고 말하는 것이 이해가 가지 않는 것이었다.

그때 박건이 다시 입을 뗐다.

"고집이 있구나."

"……?"

"선배님이 하셨던 말씀입니다. 그 말씀 덕분에 닐슨 칸테코가 슬라이더를 던질 것을 알아챌 수 있었습니다."

"좀 더 자세히 말해봐."

"솔직히 말씀드리면 타석에서 막막한 기분이었습니다. 직구와 슬로커브, 그리고 슬라이더까지. 닐슨 칸테코는 세 가지 구종을 거의 완벽하게 구사하고 있었으니까요."

메이저리그 데뷔전이었음에도 닐슨 칸테코는 5회까지 완벽에 가까운 좋은 투구를 했었다.

구위가 워낙 좋았던 데다가 분석이 덜된 상태라 뉴욕 메츠 타자들이 공략에 어려움을 겪었기 때문이었다.

그리고 하나 더 이유를 꼽자면 닐슨 칸테코의 컨디션이 워낙 좋았다.

속된 말로 공이 긁히는 날이었다.

박건의 표현처럼 세 가지 구종을 완벽에 가깝게 구사했었다.

그러니 수 싸움에 어려움을 겪는 게 당연했다.

"닐슨 칸테코가 결정구로 직구 혹은 커브를 던질 확률이 높다고 판단했습니다. 뉴욕 메츠 타자들이 직구와 커브에 제대로 대처하지 못하고 있었던 상황이었으니까요. 그런데 선배님의 말씀을 듣고 난 후, 생각이 바뀌었습니다. 지난 두 타석이 떠올랐거든요. 첫 타석에서 닐슨 칸테코는 제게 슬라이더를 던지다가 2루타를 허용했습니다. 그런데 두 번째 타석에서도 제게 결정구로 슬라이더를 구사했습니다. 또 한 번 슬라이더를 던질 것까지는 예상치 못했던 저는 범타로 물러났죠. 그 과정에서 저는 닐슨 칸테코의 배짱에 감탄했습니다. 그런데 선배님의 말씀을 듣고 나니 배짱이 좋은 게 아니라 고집이 센게 아닐까 하는 생각이 퍼뜩 들었습니다. 그래서 세 번째 타석에서도 결정구로 슬라이더를 던질 확률이 높다. 이렇게 판단했던 겁니다."

"……."

"운이 좋았습니다. 만약 닐슨 칸테코가 슬라이더가 아니라 직구나 슬로커브를 던졌다면 꼼짝없이 당했을 테니까요."

박건이 덧붙였지만, 이용운은 고개를 흔들었다.

단순히 운이 좋았던 걸로 치부하고 넘기기에는 어려웠기 때문이었다.

'나름 필사적으로 수 싸움을 했어.'

조금 전, 박건은 대수롭지 않다는 듯 말했다.

그러나 이용운은 박건이 품은 절박함을 알았다.

그래서 타석에서 얼마나 필사적으로 수 싸움을 했는지를 충분히 짐작할 수 있었다.

그래서 대견했고, 또 미안했다.

이번 쇼케이스 무대는 박건의 야구 인생에서 가장 중요한 순간 중 하나.

그럼에도 불구하고 자신이 전혀 도움이 되어주지 못하고 있다는 것으로 인해 미안한 감정을 느낀 것이었다.

'아직 안 끝났어.'

잠시 후, 이용운이 두 눈을 빛냈다.

첫 단추와 두 번째 단추는 잘 펜 상황.

그러나 아직 끝이 아니었다.

진짜 시험대는 아직 찾아오지도 않은 셈이었으니까.

'워싱턴 내셔널스.'

뉴욕 메츠의 다음 3연전 상대는 함께 내셔널리그 동부 지구에 속해 있는 워싱턴 내셔널스였다.


현재 워싱턴 내셔널스는 지구 선두 애틀랜타 브레이브스의 뒤를 이어 지구 2위에 올라 있었다.

그러나 애틀랜타 브레이브스와 워싱턴 내셔널스의 격차는 고작 반 경기에 불과했다.

그리고 전문가들은 머잖아 워싱턴 내셔널스가 애틀랜타 브레이브스를 밀어내고 지구 선두를 빼앗을 거라고 예측했다.

그 예측의 근거는 워싱턴 내셔널스의 강력한 원투 펀치의 존재 때문이었다.

스티븐 스트라스버그와 멕스 슈어저.

워싱턴 내셔널스의 원투 펀치는 지구 최고로 손꼽혔다.

아니, 메이저리그 전체 구단을 통튼다 해도 원투 펀치만 놓고 보면 최고라고 불러도 무방했다.

뉴욕 메츠와 워싱턴 내셔널스의 3연전 첫 경기인 내일 경기의 선발투수로 예고된 것이 바로 스티븐 스트라스버그였다. 그리고 이용운이 판단하는 박건의 진짜 시험대는 내일 경기였다.

박건이 맹활약했던 지난 두 경기 애틀랜타 브레이브스의 선발 투수들은 라이언 닐스트롱과 닐슨 칸테코.

라이언 닐스트롱은 애틀랜타 브레이브스의 3선발 투수였다.

또, 닐슨 칸테코는 오늘 경기가 메이저리그 데뷔전이었던 신인이었다.

두 투수 모두 메이저리그 정상급 투수는 아니었고, 박건은 그 투수들을 상대로 맹활약을 펼쳤던 것이었다.

그런데 만약 박건이 메이저리그 최정상급 투수인 스티븐 스트라스버그를 상대로 안타를 때려내지 못하고 부진한 모습을 보인다면?

박건이 지난 두 경기에서 보여줬던 맹활약은 평가절하 될 것이었다.

그뿐이 아니었다.

박건이란 선수는 리그 정상급 투수를 상대로는 부진하다는 냉정한 평가가 내려질 가능성이 높았다.

'이전에 쌓인 데이터들에 결국 발목이 잡힐 가능성이 커.'

메이저리그 데뷔 후, 박건은 각 팀의 1, 2선발들이 출전하는 경기에 선발 라인업에 포함됐었다.

당시 박건은 타석에서 극심한 부진을 겪었고, 다른 구단들도 그 사실에 대해 잘 알고 있을 터.

그래서 내일 경기에서 박건이 스티븐 스트라스버그를 상대로 부진하면, 리그 정상급 투수를 상대하기에는 기량이 부족하다는 낙인이 찍힐 가능성이 무척 높은 것이었다.

거기까지 생각이 미친 이용운이 박건에게 질문했다.

"자신 있냐?"

"어떤 자신이요?"

"내일 경기에서도 잘할 자신이 있느냐고 물은 것이다."

말뜻을 이해한 박건이 대답했다.

"솔직히 말씀드리면… 자신 없습니다."

"자신이 없는 이유는?"

"워싱턴 내셔널스의 선발투수가 스티븐 스트라스버그이니까요."

"……."

"직접 상대해 보니 왜 스티븐 스트라스버그가 리그 최정상급 투수인지 알겠더라고요."

박건이 자신 없다고 대답했지만, 이용운은 탓하지 않았다.

어쩌면 당연한 대답이었기 때문이었다.

'날 믿어라.'

이렇게 확신에 찬 목소리로 장담하고 싶은 것을 이용운이 꾹 참았다.

이용운은 근거 없이 호언장담을 하는 스타일이 아니었기 때문이었다.

'설레발은 치지 말자.'

이용운이 다시 입을 뗐다.

"부탁이 있다."

"어떤 부탁입니까?"

"분석 팀에서 보내 온 스티븐 스트라스버그의 영상을 틀어놓고 자라."

"왜 그런 부탁을 하시는 겁니까?"

"스티븐 스트라스버그의 투구 영상을 밤새 분석할 생각이다."

이용운이 대답했지만 박건은 시큰둥한 표정으로 대꾸했다.

"별 소용이 없을 것 같은데요."

"왜 별 소용이 없다는 거냐?"

"어차피 틀리시니까요."

'이 자식이.'

박건은 메이저리그로 건너온 후 이용운의 구종 예측이 계속 틀린다는 점을 지적했다.

그로 인해 빈정이 상했지만, 이용운은 꾹 참았다.

박건의 말이 사실이었기 때문이었다.

'내일은 다를 것이다.'

이용운이 속으로 각오를 다졌다.

제6장

'우완 정통파, 올스타에 세 차례나 뽑혔고, 실버슬러거도 수상한 적이 있는 타격도 좋은 투수.'

이용운이 스티븐 스트라스버그에 대해 널리 알려져 있는 내용을 떠올렸다.

2010년 워싱턴 내셔널스에 입단한 후 지금까지 워싱턴 내셔널스 소속 선수로 활약하고 있는 프랜차이즈 스타인 스티븐 스트라스버그.

그러나 그가 유명세를 탄 것은 데뷔를 하기 전부터였다.

그 이유는 그가 미국 내에서 역대급 기대를 받았던 유망주였기 때문이었다.

실제로 드래프트 제도가 도입된 이래 가장 완벽한 재능이란 기대와 함께 '내셔널 트레저'란 별명까지 얻었을 정도였다.

"이번이 내 인생에서 36번째 드래프트지만 스티븐 스트라스버그처럼 역대급 재능을 가진 선수를 본 것은 이번이 처음이다."

"프로에서 더 성장할 필요도 없을 정도다. 지금 당장 마운드에 올려도 10승은 너끈히 거둘 수 있다."

"내가 만약 감독이라면 이 선수를 드래프트에서 뽑은 후 무조건 1선발로 기용할 것이다."

당시 드래프트에 참가했던 스카우터들이 내렸던 평가.

"직구, 파워커브, 체인지업, 싱커, 슬라이더를 던지는 파이브 피치 유형의 투수로 알려져 있지."

스티븐 스트라스버그에 대해서 사전조사 했던 내용을 복기한 후, 이용운이 모니터로 시선을 던졌다. 그리고 모니터에는 워싱턴 내셔널스의 1선발 투수인 스티븐 스트라스버그의 모습이 보였다.

슈아악.

슈악.

스티븐 스트라스버그가 투구하는 영상을 유심히 지켜보던 이용운이 감탄했다.

"대단하구나."

괜히 스티븐 스트라스버그가 메이저리그 최정상급 투수로 손꼽히는 것이 아니었다.

직구 평균 구속은 98마일.

구속도 160km에 육박할 정도로 빠른 데다가 볼끝에도 힘이 있었다.

그리고 스티븐 스트라스버그의 직구가 더욱 위력적이라고 평가받는 이유는 포심 패스트볼 계열임에도 불구하고 홈플레이트 근처에서 종 방향으로 떨어지는 무브먼트를 보이기 때문이었다.

그뿐이 아니었다.

체인지업과 파워커브, 싱커, 그리고 슬라이더까지.

투수가 많은 구종을 던질 수 있는 것은 분명 장점이었다.

타자가 수 싸움에 어려움을 겪게 만들어 혼란을 야기시키니까.

그러나 더 중요한 것은 구종에 대한 숙련도였다.

투수에게 던질 수 있는 구종을 얼마나 완벽하게 구사할 수 있느냐 여부가 중요한 이유는 실투와 연관이 있기 때문이었다.

그런 면에서 스티븐 스트라스버그는 높은 평가를 받았다.

단순히 다섯 가지 구종을 던질 수 있는 게 끝이 아니라 그 다섯 가지 구종을 완벽하게 구사하기 때문에 실투가 거의 나오지 않기 때문이었다.

드르릉. 드르릉.

스티븐 스트라스버그가 투구하는 영상을 감탄하며 바라보던 이용운의 귓가에 박건의 코 고는 소리가 들려왔다.

"이 녀석도 피곤하긴 하겠지."

이용운이 쓴웃음을 머금었다.

이번 쇼케이스 무대의 중요성에 대해서는 박건도 잘 알고 있었다.

그래서 박건은 지난 두 경기에서 엄청나게 집중했다.

영혼의 파트너였기에 이용운은 박건이 평소보다 훨씬 더 집중한 채 경기를 치렀다는 사실을 잘 알고 있었다.

당연히 심력 소모가 심했고, 정신적으로도 육체적으로도 피로가 쌓일 수밖에 없었다.

"그래. 분석은 내게 맡기고 푹 쉬어라."

만약 이용운이 귀신이 아니라 사람이었다면?

곤히 잠든 박건을 대신해서 밤새 분석하는 상황에 불만을 품었으리라.

그러나 이용운은 귀신이라 어차피 잠을 잘 필요가 없었다.

오히려 이런 식으로라도 시간을 때우는 편이 덜 지루했다.

또, 박건에게 도움이 될 수도 있다는 점도 마음에 들었다.

"문제는 답을 찾아야 한다는 것인데."

스티븐 스트라스버그의 투구 영상을 보면서 감탄만 하고 있을 때가 아니었다.

박건에게 어떤 식으로든 도움이 되기 위해서는 스티븐 스트라스버그의 약점을 찾아내야 했다.

그러나 그게 결코 쉽지 않았다.

"하긴 약점이 많았다면 리그 최정상급 투수일 리가 없지."

이용운이 한숨을 내쉬면서 모니터를 계속 노려보았다.

그사이에도 시간은 계속 흘러갔다.

서서히 날이 밝아오기 시작하는 것을 알아챈 이용운의 마음이 조급해졌을 때였다.

슈악.

따악.

스티븐 스트라스버그의 공을 한 타자가 받아 치는 모습이 보였다.

"파워커브를 완벽하게 받아 쳤다?"

이용운이 타자의 등에 적혀 있는 이름을 확인했다.

"스티브 블레스?"

한참 만에 이용운이 스티브 블레스라는 이름을 기억해 내는 데 성공했다. 그리고 이용운이 스티브 블레스의 이름을 떠올리는 데 한참 시간이 걸렸던 이유는 크게 둘.

우선 스티브 블레스가 스타플레이어가 아니었기 때문이었다.

스티브 블레스의 통산 타율은 2할대 중반.

타격보다는 수비로 더 주목을 받았던 선수였고, 화려함과는 거리가 멀었다.

그리고 또 하나의 이유는 스티브 블레스가 이미 은퇴한 선수였기 때문이었다.

"2016년이었을 거야."

기억을 더듬던 이용운이 두 눈을 빛냈다.

스티브 블레스가 또 한 번 타석에서 스티븐 스트라스버그를 상대하는 모습이 화면에 등장했기 때문이었다.

슈악.

따악.

"이번에도 정타를 만들어냈어."

아까도 말했듯이 스티브 블레스는 타격이 뛰어났던 선수는 아니었다.

그런데 메이저리그 최정상급 투수 중 한 명인 스티븐 스트라스버그의 공을 완벽하게 공략해 냈다.

'우연?'

퍼뜩 우연이란 단어를 떠올렸던 이용운이 이내 고개를 흔들었다.

우연은 반복되지 않는다는 사실을 알기 때문이었다.

잠시 후 이용운이 박건을 깨우려다가 그만두었다.

대신 정신을 집중하며 마우스를 노려보았다.

딸깍, 딸깍.

정신을 집중하면 어느 정도의 물리력을 행사할 수 있는 상황.

곤히 잠들어 있는 박건을 굳이 깨울 필요가 없다고 판단했기 때문이었다.

화면을 전환해 포털사이트를 여는 데 성공한 이용운이 마우스에 이어 자판을 움직이기 시작했다.

ㅡ스티브 블레스, 스티븐 스트라스버그.

검색란에 두 선수의 이름을 적어 넣은 후 이용운이 검색 버튼을 눌렀다.

"역시 우연이 아니었어."

검색 결과를 확인한 이용운이 두 눈을 빛냈다.

11타수 7안타.

스티브 블레스와 스티븐 스트라스버그의 상대 전적이었다.

무려 6할을 상회하는 고타율.

"이 정도면 천적이라 불러야 되겠구나."

메이저리그 최정상급 투수인 스티븐 스트라스버그였지만, 스티브 블레스를 상대로는 맥을 추지 못했다.

그리고 세상에 그냥 벌어지는 일은 없었다.

스티브 블레스가 스티븐 스트라스버그라는 리그 최정상급 투수의 천적이 될 수 있었던 데는 어떤 이유가 있을 것이었다.

"내가 할 일은 그 이유를 찾는 거야."

딸깍.

이용운이 마우스를 눌러서 모니터에 스티븐 스트라스버그와 스티브 블레스의 대결 장면을 띄웠다.

수십 차례나 반복해서 두 선수의 대결을 돌려 보던 이용운이 혼잣말을 꺼냈다.

"이유를… 찾았다."

＊　　　　＊　　　　＊

〈뉴욕 메츠 선발 라인업〉

1. 브라이언 마일스.

2. 로빈슨 카노.

3. 미구엘 콘포토.

4. 박건.

5. 피터 알론소.

6. 폴 바셋

7. 제프 맥나일

8. 후안 레이예스.

9. 크리스 오스왈트.

Pitcher. 크리스 오스왈트.


워싱턴 내셔널스와의 3연전 첫 경기를 앞두고 미겔 카브레라 감독이 선발 라인업을 발표했다.

뉴욕 메츠 선발 라인업에서 가장 눈에 띄는 점은 올 시즌이 시작된 후 줄곧 4번 타자로 출전했던 로빈슨 카노가 2번 타순에 포진한 것이었다. 그리고 로빈슨 카노를 대신해 4번 타자로 출전하는 것은 박건이었다.

"제가… 4번 타자입니다."

박건이 얼떨떨한 표정을 지었다.

지난 두 경기에서 맹활약하긴 했지만, 박건은 경기 출전 여부에 여전히 신경을 곤두세우는 상황이었다.

그런데 선발 라인업에 포함된 데다가 무려 4번 타순에 포진됐다는 것을 확인하고 깜짝 놀란 것이었다.

메이저리그 정규시즌 첫 4번 타자 기용.

"미겔 카브레라 감독이 드디어 저를 인정하기 시작한 것 같습니다."

박건이 기쁜 기색을 감추지 못하고 말했지만, 이용운의 의견은 달랐다.

"그게 아니다."

"그럼요?"

"후배를 엿 먹이려는 심산이다."

"네?"

"미겔 카브레라 감독은 후배가 워싱턴 내셔널스의 스티븐 스트라스버그를 상대로 지난 두 경기처럼 좋은 활약을 펼치지 못할 거라고 확신하고 있다. 아마 무안타로 꽁꽁 묶일 거라고 판단했을 거다. 그래서 후배를 4번 타순에 포진시킨 것이다."

"그럼 오히려 반대여야 하는 것 아닙니까?"

"반대?"

"저를 4번 타순이 아니라 하위타순에 배치하는 게 맞는 것 같아서요. 그래야 공격의 맥이 끊어지지 않을 테니까요."

박건이 반박에 이용운이 수긍했다.

"원래라면 그게 맞다. 그런데 미겔 카브레라 감독은 후배를 4번 타순에 포진시켰지. 그 이유는 뉴욕 메츠 공격의 맥이 끊어지게 만들기 위해서다."

"……?"

"4번 타순에 포진한 후배가 승부처마다 범타 혹은 삼진으로 물러나며 공격의 맥을 끊는 편이 하위타순에 포진되어 루상에 주자가 없는 상황에서 혼자 삼진이나 범타로 물러나는 것보다 훨씬 인상적이지 않을까?"

"그야 그렇죠."

"그게 바로 미겔 카브레라 감독이 타순을 조정한 이유다. 후배의 부진이 더 도드라지게 만들어서 엿 먹이려는 의도이지."

"끝까지 제 발목을 잡으려고 드네요."

비로소 말뜻을 이해한 박건이 한숨을 내쉬었을 때였다.

"혹시 죽은 공명이 산 중달을 쫓았다는 이야기, 들어본 적 있느냐?"

이용운이 불쑥 물었다.

"삼국지에 나오는 이야기 아닙니까?"

"맞다. 왜 갑자기 삼국지 이야기를 꺼내는지 이해가 안 가지?"

'또… 속내를 읽혔네.'

박건이 쓰게 웃었다.

이용운이 뜬금없이 삼국지 이야기를 꺼내는 이유에 대해서 의문을 품었었기 때문이었다.

그때, 이용운이 덧붙였다.

"내가 그 이야기를 꺼낸 이유는 살아 있는 미겔 카브레라 감독이 두려워하는 것이 죽은 잭 니퍼트 전 단장이기 때문이다."

그 이야기를 들은 박건이 두 눈을 크게 떴다.

"잭 니퍼트 단장이 죽었습니까?"

"안 죽었다. 만약 죽었다면 부고가 전해졌겠지."

"그런데 왜 미겔 카브레라 감독이 죽은 잭 니퍼트 전 단장을 두려워한다고 말씀하신 겁니까?"

"비유를 한 거다."

"비유… 요?"

"잭 니퍼트 전 단장은 뉴욕 메츠의 단장직을 내려놓았다. 그러니 죽은 권력이나 마찬가지지. 반면 미겔 카브레라는 여전히 뉴

욕 메츠의 감독직을 유지하고 있다. 한마디로 살아 있는 권력이
지. 그런데도 미겔 카브레라 감독은 여전히 잭 니퍼트 전 단장을
두려워하고 있다."

"왜 두려워한다는 겁니까?"

"자신을 쫓아낼까 봐."

제대로 말뜻을 이해하지 못한 박건이 다시 물었다.

"이미 사임한 잭 니퍼트 전 단장이 어떻게 미겔 카브레라 감독
을 쫓아낼 수 있습니까?"

"유산이 남아 있거든."

"어떤 유산이요?"

"후배."

"저요?"

"후배만이 아니지. 브라이언 마일스, 폴 바셋, 피터 알론소도
모두 잭 니퍼트 전 단장이 남긴 유산이지."

박건이 머리를 긁적였다.

알 듯 말 듯 한 이야기였기 때문이었다.

"더 알아듣기 쉽게 이야기해 줘?"

"그럴 수 있다면 진즉에 그렇게 해주셨어야죠."

"뉴욕 메츠는 지구 선두를 달리는 애틀랜타 브레이브스를 상
대로 2연승을 거뒀다. 그리고 2연승을 거두는 과정에서 후배를
포함해서 잭 니퍼트 전 단장이 영입을 주도했던 선수들이 결정
적인 역할을 해냈다. 만약 앞으로 남은 경기들에서도 잭 니퍼트
전 단장이 영입을 주도했던 선수들이 맹활약하면서 뉴욕 메츠
가 연승을 이어나간다면 어떻게 될까? 아마 재평가가 이뤄질 것

이다."

"누구에 대한 재평가요?"

이용운이 대답했다.

"누구긴 누구야? 잭 니퍼트 전 단장에 대한 재평가지."

*     *     *

'미겔 카브레라 감독은 왜 끝까지 박건의 발목을 붙잡으려 드는 걸까?'

이용운이 줄곧 가졌던 의문이었다.

잭 니퍼트 전 단장이 일신상의 이유로 단장직에서 사임한 상황.

더 이상 미겔 카브레라 감독이 박건의 발목을 붙잡을 이유가 없었다.

그럼에도 불구하고 미겔 카브레라 감독은 끝까지 박건의 발목을 붙잡기 위해서 여러 시도를 하고 있었다.

처음에는 그 이유가 미겔 카브레라라는 인간의 타고난 천성이 치졸하기 때문이라고 판단했다.

그러나 지금은 이용운의 생각이 바뀌었다. 그리고 이용운의 생각이 바뀐 계기는 피터 알론소와 폴 바셋의 타순 조정이었다.

폴 바셋과 피터 알론소.

두 선수 모두 지난 두 경기에서 결정적인 호수비를 펼치면서 팀 승리의 견인차 역할을 했었다.

그러나 타석에서는 부진했던 편이었다.

그럼에도 불구하고 폴 바셋과 피터 알론소의 타순은 여전히 바뀌지 않았다.

'미겔 카브레라 감독이 발목을 잡으려는 것이… 박건 혼자만이 아니다.'

거기까지 생각이 미친 순간, 이용운이 퍼뜩 떠올린 것이 바로 '죽은 공명이 산 중달을 쫓는다'는 표현이었다.

'미겔 카브레라 감독이 진짜 두려워하는 것은… 어쩌면 잭 니퍼트 전 단장에 대한 재평가가 아닐까?'

잭 니퍼트 전 단장은 무능한 단장이란 평가를 받았었다.

그 이유는 잭 니퍼트 전 단장이 뉴욕 메츠로 영입을 주도했던 선수들의 활약상이 미비했기 때문이었다.

그러나 톰 힉스 구단주가 전면에 나서서 마련한 쇼케이스 무대에서 잭 니퍼트 전 단장이 영입한 선수들이 계속 좋은 활약을 펼치면서 팀 승리를 이끈다면?

무능한 단장에서 유능한 단장으로.

잭 니퍼트 전 단장에 대한 재평가가 이뤄질 가능성은 충분했다.

물론 잭 니퍼트 전 단장에 대한 재평가가 이뤄진다고 해서 그가 현장으로 복귀할 수는 없었다.

그는 알츠하이머를 앓고 있었으니까.

그렇지만 잭 니퍼트 전 단장에 대한 재평가는 전혀 예상치 못한 방향으로 불똥이 튈 수 있었다.

바로 미겔 카브레라 감독에 대한 재평가였다.

그동안 미겔 카브레라 감독은 잭 니퍼트 전 단장이 영입을 주도했던 선수들을 거의 활용하지 않았었다.

그런데 박건을 비롯해서 잭 니퍼트 전 단장이 영입을 주도했던 선수들이 좋은 활약을 펼치면서 뉴욕 메츠의 연승이 이어진다면?

미겔 카브레라 감독은 난처한 입장에 처하게 된다.

〈훌륭한 기량을 갖춘 선수들을 활용하지 못하는 무능한 감독.〉

이런 재평가가 이뤄질 가능성이 높았기 때문이었다.

"미겔 카브레라 감독이 진짜 두려워하는 것은 본인에 대한 재평가이다."

이용운이 그 사실을 알려주자 박건이 즉각 반응했다.

"잘해야겠네요."

"응?"

"저와 브라이언 마일스, 폴 바셋, 그리고 피터 알론소가 계속 잘해야만 미겔 카브레라 감독이 가장 두려워하는 재평가가 이뤄질 테니까요."

박건도 미겔 카브레라 감독에게 쌓인 앙금이 많은 상황이어서일까.

다부진 각오를 드러냈다.

그러나 그도 잠시, 박건이 한숨을 내쉬었다.

"그런데 그게 쉽지가 않네요."

"왜 쉽지가 않다는 것이냐?"

"상대가 스티븐 스트라스버그이니까요."

박건이 자신 없는 목소리로 대답했다.

그 대답을 들은 이용운이 힘주어 말했다.

"날 믿어라."

원래는 어제 하고 싶었던 이야기.

그러나 이 이야기를 꺼내는 데 하루가량 시간이 지체된 이유는 스티븐 스트라스버그의 약점을 찾아내는 데 시간이 걸렸기 때문이었다.

아쉬운 점은 박건이 자신에게 여전히 신뢰를 보내지 않는다는 것이었다.

"그냥 제가 알아서 하겠습니다."

박건이 심드렁한 목소리로 꺼낸 이야기를 들은 이용운이 발끈했다.

밤새 박건을 위해서 스티븐 스트라스버그의 약점을 찾으려고 노력했던 것이 억울했기 때문이었다.

'직접 보여주는 수밖에.'

백 마디 말보다 행동으로 보여주는 편이 낫다는 사실을 잘 알고 있는 이용운이 애써 화를 삭이며 각오를 다졌다.

'기대해라.'

\*              \*              \*

크리스 오스왈트 VS 스티븐 스트라스버그.

양 팀의 선발 매치업이었다.

크리스 오스왈트는 뉴욕 메츠의 5선발.

반면 스티븐 스트라스버그는 워싱턴 내셔널스의 1선발.

선발투수의 무게감에서는 워싱턴 내셔널스로 확실히 무게 추가 기울었다. 그리고 크리스 오스왈트는 1회 초부터 볼넷 두 개와 안타 두 개를 허용하며 2실점을 했다.

0—2.

두 점 차로 뒤진 채 뉴욕 메츠의 2회 말 공격이 시작됐다.

2회 말의 선두타자인 박건이 타석에 들어선 후 고개를 갸웃했다.

이용운이 입을 꾹 다물고 있었기 때문이었다.

물론 어제 경기에서도 이용운은 구종 예측을 하지 않았었다.

그렇지만 어제와 오늘은 달랐다.

어제 경기에서 이용운이 구종 예측을 하지 않았던 이유는 애틀랜타 브레이브스의 선발투수였던 닐슨 칸테코가 신인이라 데이터가 없었기 때문이었다.

하지만 스티븐 스트라스버그는 달랐다.

차고 넘칠 정도로 데이터가 쌓여 있는 상황.

게다가 이용운은 스티븐 스트라스버그를 분석하기 위해서 자신에게 부탁해서 밤새 그가 투구하는 영상을 분석한 후였다.


"날 믿어라."

경기 전 자신을 믿으라고 호언장담까지 했던 이용운이 구종 예측을 하는 대신 입을 꾹 다물고 있는 것.

박건에게 의아함을 주기에 충분했다.

"왜 구종 예측을 안 하시는 겁니까?"

박건이 참지 못하고 질문하자 이용운이 대답했다.

"후배가 알아서 한다고 말했으니까."

"그래서 안 하시는 겁니까?"

"혼자서 얼마나 잘하는지 두고 보마."

'또… 삐쳤네.'

후우.

박건이 한숨을 내쉬었다.

'못 이긴 척 부탁하면서 달래야 하나?'

박건이 고민에 잠겼다.

이용운의 구종 예측은 분명히 도움이 됐다.

그가 예측한 구종을 배제하고 수 싸움에 돌입하면 구종 예측이 적중할 확률이 높아지는 것이 사실이었으니까.

그렇지만 구종 예측을 정확히 했던 KBO 리그 시절과 비교하면 크게 도움이 되지 않는 것은 부인할 수 없는 팩트.

해서 박건은 이용운을 달래는 것을 포기했다.

'어제도 혼자서 잘했잖아.'

어제 경기에서 박건은 이용운의 도움 없이도 좋은 활약을 펼쳤었다.

오늘 역시 이용운의 도움이 없더라도 충분히 잘해낼 수 있을 거란 생각이 든 것이었다.

'초구는… 직구일 확률이 높다.'

박건이 이렇게 판단한 이유.

1회 말을 삼자범퇴로 가볍게 마무리했던 스티븐 스트라스버그의 볼배합 때문이었다.

직구로 카운트를 잡은 후 유인구로 헛스윙 혹은 범타를 유도했던 것이 스티븐 스트라스버그가 1회 말에 가져갔던 볼배합이었다.

슈악.

잠시 후, 스티븐 스트라스버그가 초구를 던졌다.

'구종 예측이 빗나갔다.'

그리고 박건이 혼자서 했던 수 싸움은 틀렸다.

스티븐 스트라스버그는 초구로 직구가 아닌 슬라이더를 구사했다.

"스트라이크."

초구를 흘려보낸 박건이 다시 직구를 노렸다.

슈악.

그러나 스티븐 스트라스버그는 2구째에도 슬라이더를 던졌다.

"스트라이크."

노 볼 2스트라이크.

순식간에 불리한 볼카운트에 몰려 버린 박건이 스티븐 스트라스버그의 유인구에 당하지 않기 위해서 신경을 곤두세우고 있을 때였다.

슈아악.

스티븐 스트라스버그는 3구째로 직구를 던졌다.

틱.

뒤늦게 휘두른 배트 끝부분에 맞은 타구가 파울이 된 순간, 박건이 안도의 한숨을 내쉬었다.

그러나 여전히 불리한 볼카운트에 몰린 상황.

박건이 필사적으로 수 싸움을 펼쳤다.

'직구? 체인지업? 파워커브? 슬라이더? 싱커?'

스티븐 스트라스버그는 파이브 피치 유형의 투수인 데다가 던질 수 있는 모든 구종을 자유자재로 구사하는 것이 장점 중 하나였다.

다섯 가지 구종 가운데 어느 구종이 들어올지 예측하는 것.

불가능에 가까웠다.

'몸쪽 직구?'

박건이 몸쪽 직구를 예측하고 대비하고 있을 때, 스티븐 스트라스버그가 4구째 공을 던졌다.

'체인지업?'

배트를 휘두르던 박건이 체인지업임을 알아채고 급히 배트를 멈춰 세웠다.

슈악.

홈플레이트를 통과하는 체인지업의 구속은 88마일.

직구와 약 10마일가량 구속 차이가 났기 때문에 완벽하게 타이밍을 빼앗겨 버린 것이었다.

'당했다.'

박건이 꼼짝없이 당했다고 판단하면서 주심을 살폈다.

"…볼."

주심 역시 움찔하며 고민하다가 반박자 늦게 볼 판정을 내리는 것을 확인한 박건이 안도했다.

스티븐 스트라스버그의 체인지업이 조금 낮았다고 판단한 주심의 판정 덕분에 한 번 더 기회를 얻을 수 있었기 때문이었다.

1볼 2스트라이크.

그러나 여전히 투수에게 유리한 볼카운트.

수 싸움이 어려운 것은 마찬가지였다.

'직구가… 아닐까?'

박건이 고심 끝에 수 싸움을 마쳤다.

그러나 확신은 없었다.

해서 박건이 자신 없는 표정으로 스티븐 스트라스버그가 투구 동작에 돌입하는 것을 노려보고 있을 때였다.

"파워커브다."

이용운이 불쑥 말했다.

'왜 갑자기 구종 예측을 하는 거지?'

아까 이용운은 오늘 경기에서 구종 예측을 하지 않겠다고 선언했었다. 그런데 갑자기 마음을 바꿔서 구종 예측을 했다.

그로 인해 당황했던 박건이 이내 안도했다.

'확률이… 조금 높아졌다.'

조금 전 수 싸움에서 직구가 들어올 거라고 예상했지만, 구종 예측이 적중할 확률은 20%에 불과했다.

그런데 이용운이 구종 예측을 해준 덕분에 구종 예측이 적중할 확률이 조금 올라갔다.

스티븐 스트라스버그가 구사하는 다섯 가지 구종 가운데 파워커브를 배제할 수 있었기 때문이었다.

'20%에서 25%로 확률이 올라갔다.'

박건의 생각이 거기까지 미쳤을 때, 스티븐 스트라스버그의 손에서 공이 떠났다.

슈악.

그리고 박건은 이번에도 배트를 내밀지 못했다.

또다시 구종 예측이 빗나갔기 때문이었다.

"스트라이크."

아까와 다른 점은 주심의 판정이었다.

이번에는 스트라이크존을 통과했다고 판단한 주심이 스트라이크 선언을 하며 박건은 루킹삼진을 당했다.

그렇지만 박건은 쉽게 타석을 벗어나지 못했다.

'파워커브였어.'

스티븐 스트라스버그가 던진 5구째 파워커브에 박건은 배트를 내밀어볼 엄두조차 내지 못하고 꼼짝없이 당했다.

그 이유는 이용운의 구종 예측이 적중했기 때문이었다.

최근 들어 이용운의 구종 예측이 꾸준히 빗나갔던 상황.

그래서 스티븐 스트라스버그가 파워커브를 던질 가능성을 완전히 배제해 버렸던 것이 박건이 속절없이 당했던 이유였다.

"내가 좀 믿고 살자고 그랬지?"

그런 박건을 이용운이 탓했다.

그 지적을 들은 박건이 마뜩잖은 표정을 지었다.

소가 뒷걸음질 치다가 쥐 잡은 격으로 무척 오래간만에 구종 예측에 성공한 걸 갖고 이용운이 생색을 내는 게 마음에 들지 않았기 때문이었다.

'왜 하필 지금 구종 예측이 적중한 거야?'

박건이 못내 아쉬움을 느끼며 타석에서 물러났다. 그리고 고개를 절레절레 흔들며 더그아웃으로 돌아갈 때였다.

우우.

뉴욕 메츠 홈 팬들의 야유가 흘러나왔다.


*          *          *


0—2.

여전히 두 점 차로 뒤진 채 뉴욕 메츠의 5회 말 공격이 시작됐다.

4이닝까지 스티븐 스트라스버그는 삼진 6개를 곁들이면서 퍼펙트 행진을 이어나가고 있었다.

5회 말의 선두타자로 나선 박건이 스티븐 스트라스버그와의 대결을 앞두고 서둘러 구상을 시작했다.

'볼카운트가 불리해지면 공략이 더 어려워진다.'

직구, 슬라이더, 체인지업, 싱커, 그리고 파워커브까지.

스티븐 스트라스버그는 오늘 경기에서 다섯 가지 구종을 자유자재로 구사하고 있었다.

그래서 볼카운트가 불리해지면 그를 공략하는 것이 더 어려워지는 것이었다.

'빠른 승부.'

박건이 결심을 굳히고 타격자세를 취했다.

'바깥쪽 직구.'

박건이 구종 예측을 마쳤을 때, 스티븐 스트라스버그가 초구를 던졌다.

슈아악.

'직구다.'

구종 예측이 적중했음을 알아챈 박건이 힘껏 배트를 휘둘렀다.

딱.

그러나 타격음은 둔탁했다.

배트 하단에 맞은 타구는 바운드를 일으킨 후 3루 측 라인 선상을 벗어나는 파울 타구가 됐다.

후우.

파울이 된 것을 확인한 박건이 일단 안도의 한숨을 내쉬었다.

만약 타구가 라인 선상을 벗어나지 않았다면 내야땅볼로 허무하게 아웃이 됐을 것이었기 때문이었다.

'왜 배트 중심이 아니라 배트 하단에 맞았지?'

박건이 의문을 품었지만, 그 답을 찾기도 전에 스티븐 스트라스버그가 2구째 공을 던졌다.

슈악.

수 싸움조차 하지 못한 채 박건은 타석에서 체인지업을 그냥 지켜보았다.

"스트라이크."

주심이 스트라이크 선언을 한 순간, 박건이 재차 한숨을 내쉬었다.

'이게 아닌데.'

노 볼 2스트라이크.

다시 불리한 볼카운트에 몰려 버렸기 때문이었다.

그로 인해 박건의 표정이 어두워졌다.

'왜 또 구종 예측을 안 하는 거야?'

잠시 후, 박건이 침묵하는 이용운을 속으로 원망하면서 타격자세를 취했다.

슈악.

홈플레이트를 통과하던 스티븐 스트라스버그의 공이 갑자기 아래로 가라앉았다.

딱.

박건이 휘두른 배트의 끝부분에 걸린 타구는 2루수 앞으로 굴러갔다.

타다닷.

전력 질주를 해봤지만, 2루수의 송구가 1루수의 글러브에 도착한 것보다 더 빨리 베이스에 도착할 수는 없었다.

"아웃."

우우.

우우우.

두 번째 타석에서도 범타로 물러난 박건이 더그아웃으로 돌아갈 때, 다시 뉴욕 메츠 홈 팬들의 야유가 흘러나왔다.

첫 타석에서 삼진으로 물러났을 때보다 더 커진 야유 소리를 들은 박건의 표정이 딱딱하게 굳어졌다.

*         *         *

7회 말 뉴욕 메츠의 공격.

스티븐 스트라스버그는 여전히 퍼펙트 행진을 이어나가고 있었다.

6회까지 투구수는 76개.

충분히 완투가 가능할 정도로 투구수 조절도 잘된 상태였다.

'아직… 멀었다.'

더그아웃에 앉아 있던 박건이 손깍지를 꼈다.

지난 두 경기에서 박건은 팀의 승리를 이끄는 맹활약을 펼쳤다.

그렇지만 그 두 경기에서 박건이 상대했던 투수들인 라이언 닐스트롱과 닐슨 칸테코는 리그 정상급 투수와는 거리가 있었다.

메이저리그 최정상급 투수 중 한 명인 스티븐 스트라스버그를 상대하자 다시 어려움을 겪으며 안타를 때려내지 못하고 있었다.

그리고 박건이 아직 멀었다고 판단한 또 다른 이유는 뉴욕 메츠 홈 팬들이 보내고 있는 야유였다.

자신에게 쏟아지는 뉴욕 메츠 홈 팬들의 야유를 통해서 고작 두 경기 활약으로 그동안의 부진을 씻어내기에는 역부족이라는 사실을 박건은 확실히 깨달을 수 있었다.

그때였다.

슈악.

딱.

7회 말 공격의 선두타자인 브라이언 마일스가 스티븐 스트라스버그의 2구째 싱커를 공략했다.

빗맞은 내야땅볼.

그러나 코스가 좋았다.

3루수가 좌측으로 이동하면서 처리하려 했지만 조금 미치지 못했다.

유격수가 역동작으로 타구를 잡아내서 1루로 빠르게 송구했지만, 전력 질주 한 브라이언 마일스가 1루 베이스에 도착하는 것이 송구가 도착하는 것보다 더 빨랐다.

"세이프."

1루심이 세이프를 선언한 순간, 내야안타로 인해 퍼펙트 행진이 깨져 버린 스티븐 스트라스버그가 실망한 기색을 감추지 않고 드러냈다.

그리고 브라이언 마일스는 스티븐 스트라스버그가 동요하는 것을 놓치지 않고 파고들었다.

슈악.

타다닷.

스티븐 스트라스버그가 2번 타자 로빈슨 카노에게 초구를 던지자마자 과감하게 2루 도루를 시도해서 성공시켰다.

무사 2루로 상황이 바뀌자, 스티븐 스트라스버그는 로빈슨 카노와 신중하게 승부했다.

풀카운트까지 이어진 승부.

스티븐 스트라스버그는 6구째로 파워커브를 던졌다.

"볼."

회심의 결정구였지만, 주심은 스트라이크존을 살짝 벗어났다고 판단해서 볼을 선언했다.

로빈슨 카노가 볼넷을 얻어내며 무사 1, 2루로 상황이 바뀌었을 때, 3번 타자 미구엘 콘포토가 타석에 들어섰다.

와아.

와아아.

올 시즌 팀 내 최다 타점을 올리고 있는 미구엘 콘포토가 득점 찬스에서 등장하자, 뉴욕 메츠 홈 팬들이 환호를 보내기 시작했다.

그 환호성을 듣던 박건의 표정이 굳어졌다.

우우.

오늘 경기 첫 타석에서 삼진을 당했을 때, 뉴욕 메츠 홈 팬들의 야유성은 작았다.

우우우.

그러나 두 번째 타석에서도 범타로 물러나자, 뉴욕 메츠 홈 팬들의 야유성이 더 커져 있었다.

한층 더 커졌던 홈 팬들의 야유 소리가 귓가에 되살아난 순간, 박건은 한 타석의 소중함을 새삼 깨달았다.

"도와주십시오."

박건이 대기타석에 선 채 이용운에게 도움을 청했다.

"혼자 알아서 하겠다면서?"

"제가 오만했습니다. 선배님의 도움이 필요합니다."

"내가 어떻게 도우면 될까?"

"하시던 대로 해주시면 됩니다."

"하던 대로?"

"선배님께서 구종 예측을 해주시면 제가 그 구종을 배제하겠습니다."

스티븐 스트라스버그를 상대하는 세 번째 타석에서는 무슨 수를 써서라도 안타를 때려내고 싶었다.

그것을 위해서 박건은 확률을 높이는 방법을 선택했다.

이용운의 구종 예측은 꾸준히 틀리는 상황.

그가 예측하는 하나의 구종을 배제하면 스티븐 스트라스버그 공략에 성공할 확률이 조금이나마 더 올라간다는 계산을 마쳤기 때문이었다.

"아까 내가 좀 믿고 살자고 했지?"

그때, 이용운이 언짢은 기색을 감추지 않고 입을 뗐다.

"선배님의 구종 예측을 믿으란 뜻입니까?"

"그래, 맞다."

"저도 그러고 싶지만, 너무 자주, 또 너무 많이 틀리시지 않습니까?"

박건의 지적을 들은 이용운도 수긍했다.

"인정하마. 그동안 내 구종 예측이 많이 틀렸단 건 부인할 수 없는 팩트이니까. 그러나 오늘은 다르다."

"왜 다르다는 겁니까?"

박건의 질문을 받은 이용운이 대답했다.

"스티븐 스트라스버그의 습관을 알아냈거든."

제7장

"어떤 습관이요?"

박건이 흥미를 드러내며 질문했다.

그렇지만 이용운은 그 질문에 대한 대답을 바로 해주지 않았다.

스티븐 스트라스버그의 습관을 알아내기 위해서 이용운은 밤새도록 모니터를 쳐다보며 연구를 했었다.

그런데 이렇게 쉽게 알려주기에는 너무 아쉬웠기 때문이었다.

해서 이용운이 화제를 돌렸다.

"스티브 블레스, 알아?"

"압니다."

"안다고?"

박건이 스티브 블레스에 대해서 알고 있을 리가 없다고 예상했던 이용운이 깜짝 놀라며 되물었다.

"영화배우 아닙니까?"

"영화배우?"

"제목이 뭐였더라? 하여간 그 배우가 출연하는 영화를 본 적이 있습니다. 그런데 지금 영화배우 이야기를 꺼내시는 이유가 대체 뭡니까?"

박건이 의아함을 드러낼 만했다.

지금은 한가하게 영화배우와 관련된 이야기를 나눌 때가 아니었으니까.

"영화배우 이야기를 하는 게 아니다. 동명이인에 관한 이야기를 하는 것이지. 스티브 블레스란 야구선수에 대해 알고 있느냐고 물었던 것이었다."

"처음 들어보는데요."

"역시 그럴 줄 알았다. 나도 기억을 떠올리는 데 한참 걸렸으니까."

"어느 구단에 속해 있는 선수입니까?"

"소속 팀은 없다."

"……?"

"2016년에 은퇴했으니까."

"그럼 별로 유명하지도 않고 이미 은퇴한 선수로군요. 그런데 갑자기 그 선수에 대한 이야기를 꺼내신 이유가 뭡니까?"

"천적이거든."

"천적… 이요?"

"그래."

"누구의 천적이란 겁니까?"

"스티븐 스트라스버그의 천적이다. 상대 전적이 11타수 7안타 정도면 천적이라 불러도 충분하지 않느냐?"

이용운이 스티브 블레스가 스티븐 스트라스버그를 상대로 11타수 7안타를 기록했다는 사실을 알려주자 예상대로 박건이 깜짝 놀랐다.

"그게 사실입니까?"

"물론 사실이다."

"그런데 왜 스티브 블레스란 선수가 알려지지 않았던 겁니까?"

"스티븐 스트라스버그를 상대로만 강한 면모를 보여줬으니까."

"……?"

"내가 조사해 본 바에 의하면 스티브 블레스의 통산 타율은 이 할 사 푼대에 불과했다."

이용운이 의아한 표정을 짓고 있는 박건을 살피며 말을 이었다.

"중요한 건 스티브 블레스가 스티븐 스트라스버그의 천적이란 점이다. 그리고 스티븐 스트라스버그를 상대로 스티브 블레스가 기록한 7안타 중 6안타는 모두 파워커브를 공략해서 만들어냈다."

"우연… 인가요?"

"우연일 리가 없지."

"그럼……?"

"스티브 블레스는 스티븐 스트라스버그가 파워커브를 던질 것

을 미리 알고 공략했다. 덕분에 스티븐 스트라스버그의 천적이
될 수 있었지."

"수 싸움을 통해서요?"

"그건 불가능하지. 후배가 해봐서 잘 알 것 아니냐?"

"그럼 스티브 블레스라는 선수는 대체 무슨 수로 스티븐 스트
라스버그가 파워커브를 던질 것을 미리 알 수 있었던 겁니까?"

박건이 질문한 순간이었다.

슈악.

딱.

타석에 들어서 있던 미구엘 콘포토가 스티븐 스트라스버그의
싱커를 공략했다.

2루수 앞으로 굴러가는 내야땅볼.

병살코스였지만, 빗맞은 탓에 타구의 속도가 느렸던 것이 뉴
욕 메츠 입장에서는 다행이었다.

1루 주자를 2루에서 잡아내는 것은 늦었다고 판단한 워싱턴
내셔널스의 2루수는 1루로 송구해서 타자주자만 잡아냈다.

1사 2, 3루로 바뀐 상황에서 박건이 타석으로 걸어갔다.

그때, 이용운이 말했다.

"명심해라. 두 바퀴다."

"두 바퀴라니요?"

"스티븐 스트라스버그는 투구 동작에 돌입하기 전에 글러브
속에 오른손을 감춘 채 그립을 잡는다. 다른 구종을 던질 때는
공을 한 바퀴만 돌려서 그립을 잡는다. 그런데 파워커브를 던질
때는 공을 두 바퀴 돌려서 그립을 잡는다."

"그럼……?"

"그림을 잡기 위해서 두 바퀴를 돌릴 경우, 스티븐 스트라스버그는 무조건 파워커브를 던질 것이다."

이것이 이용운이 밤새 연구한 끝에 알아내는 데 성공한 스티븐 스트라스버그의 습관.

그리고 메이저리그 평균에도 미치지 못했던 타자인 스티브 블레스가 메이저리그 최정상급 투수인 스티븐 스트라스버그의 천적이 될 수 있었던 비밀이었다.

'내 역할은 여기까지.'

그 말을 끝으로 이용운이 입을 다물었다.

그리고 마음속으로 박건의 선전을 기도했다.

*　　　　*　　　　*

'우연이… 아니었구나.'

박건이 내심 감탄했다.

스티브 블레스가 스티븐 스트라스버그의 천적이 될 수 있었던 것은 우연이 아니었다.

또, 오늘 경기 첫 번째 타석에서 이용운이 스티븐 스트라스버그가 파워커브를 던질 거라고 구종 예측을 했던 게 적중했던 것 역시 우연이 아니었다.

흔히 '쿠세'라 부르는 스티븐 스트라스버그의 습관을 간파한 덕분이었다.

물론 스티븐 스트라스버그의 습관이 눈에 확 드러나는 것은 아니었다.

오히려 그 습관을 간파해 낸 것이 신기할 정도로 알아채기 힘든 습관이었다.

'대체 이걸 어떻게 알아냈지?'

연신 감탄하던 박건이 이내 고개를 흔들었다.

스티븐 스트라스버그가 파워커브 그립을 잡을 때 글러브 속에 감추고 있는 공을 두 바퀴 회전시키는 습관을 갖고 있다는 것을 알아낸 상황.

이제 타석에서 그 습관을 알아낸 것을 이용해 스티븐 스트라스버그를 공략하는 데 성공하는 것이 중요했다.

스윽.

박건이 타격자세를 취한 채 스티븐 스트라스버그를 주시했다.

포수와 사인을 주고받은 스티븐 스트라스버그가 글러브 안에 오른손을 감춘 채 그립을 잡기 시작했다.

'어……?'

그 모습을 지켜보고 있던 박건이 당황했다.

아까 이용운은 글러브 속에 오른손을 감춘 채 그립을 잡는 스티븐 스트라스버그가 공을 두 바퀴 회전시키면 파워커브를 던지는 습관을 갖고 있다고 알려주었다.

그 정보를 바탕으로 스티븐 스트라스버그 공략에 성공할 수 있을 거라고 단순하게 생각했었는데.

박건은 예상치 못했던 문제에 직면했다.

'안 보여.'

스티븐 스트라스버그는 글러브 속에 오른손을 넣은 채 그립을 잡았다.

투시술을 익히지 않은 박건이 스티븐 스트라스버그가 글러브 속에 넣고 있는 오른손으로 공을 몇 바퀴 회전시키고 그립을 잡는지 알아낼 방법이 없었다.

그때, 스티븐 스트라스버그가 투구 동작에 돌입했다.

슈아악.

"스트라이크."

홈플레이트를 통과하는 바깥쪽 직구를 박건이 물끄러미 바라본 후 난감한 표정을 지은 채 입을 뗐다.

"쓸모가 없습니다."

"뭐가 쓸모가 없다는 거냐?"

"선배님이 알려주셨던 정보 말입니다. 스티븐 스트라스버그가 글러브 속에 넣고 있는 오른손으로 공을 몇 바퀴 돌리는지 보이지 않으니까요."

박건이 서둘러 말을 마친 순간, 이용운이 입을 뗐다.

"역시 후배는 하나만 알고 둘은 모르는구나."

"네?"

"그럼 스티브 블레스는 대체 어떻게 스티븐 스트라스버그의 천적이 될 수 있었을까?"

"그건……."

이용운의 이야기를 들은 박건이 두 눈을 빛냈다.

스티브 블레스가 스티븐 스트라스버그의 천적이 될 수 있었던 이유.

스티븐 스트라스버그가 파워커브를 던질 것이란 사실을 정확히 예측하고 타격에 임했기 때문이었다.

'스티브 블레스는 대체 어떻게 알았을까?'

가장 먼저 떠오른 것은 투시술이었다.

그러나 현실성이 없었기에 박건이 배제했을 때였다.

"시간이다."

이용운이 말했다.

"시간… 이요?"

"글러브 속에 감추고 있던 오른손으로 그립을 잡기 위해서 공을 한 바퀴 돌릴 때와 두 바퀴 돌릴 때, 걸리는 시간이 당연히 다를 것 아니냐?"

'그렇구나.'

박건이 감탄했을 때, 이용운이 덧붙였다.

"팔근육의 미세한 움직임을 놓치지 마라. 그럼 한 바퀴를 돌리는지 두 바퀴를 돌리는지 알 수 있을 테니까."

'됐다.'

이용운의 조언 덕분에 박건이 답을 찾아냈을 때, 스티븐 스트라스버그가 투구 동작에 돌입했다.

'시간, 그리고 팔근육의 미세한 움직임.'

글러브 속에 넣고 있는 스티븐 스트라스버그의 오른손을 보는 대신 박건은 그의 어깨를 노려보았다.

꿈틀.

오른쪽 어깨 근육의 움직임을 박건이 확인한 순간, 스티븐 스트라스버그가 2구째 공을 던졌다.

슈악.

몸쪽으로 체인지업이 파고드는 것을 박건이 그냥 지켜보았다.

"스트라이크."

주심이 스트라이크 선언을 하며 노 볼 2스트라이크로 카운트가 바뀌었다.

'역시 한 바퀴였어.'

스티븐 스트라스버그가 2구째로 던진 구종이 파워커브가 아니라 체인지업이란 점이 그가 그립을 잡기 위해 공을 한 바퀴만 돌렸다는 증거였다. 그리고 박건은 아까 스티븐 스트라스버그의 오른쪽 어깨 근육이 한 번만 움직인 것을 확인했었다.

'시간은 1초 정도.'

스티븐 스트라스버그가 글러브 속에 오른손을 넣고 공을 한 바퀴 돌리며 그립을 잡는 데 걸렸던 시간이 1초가량이라는 계산을 마쳤을 때, 스티븐 스트라스버그가 다시 투구 동작에 돌입했다.

스윽.

스티븐 스트라스버그의 오른손이 글러브 속으로 들어갔다.

'한 번.'

그의 오른팔 어깨 근육은 한 차례만 움직였다.

'그립을 잡는 데 걸리는 시간, 아까와 비슷해.'

빙글.

박건이 머릿속으로 스티븐 스트라스버그가 글러브 속에 넣고 있던 오른손으로 공을 한 바퀴 회전시키는 모습을 그리다가 당황한 기색을 드러냈다.

'또… 파워커브가 아니네?'

"공을 두 바퀴 회전시키면 파워커브 그립을 잡는 것이다."

이용운이 알려줬던 스티븐 스트라스버그의 습관이었다.

그 습관을 알고 있기 때문에 박건은 스티븐 스트라스버그를 공략할 수 있다는 확신을 갖고 오늘 경기 세 번째 타석에 들어섰다.

그런데 예상치 못했던 문제가 한 가지 더 발생했다.

'만약 스티븐 스트라스버그가 파워커브를 던지지 않으면?'

스티븐 스트라스버그는 파이브 피치 유형의 투수.

박건을 상대로 스티븐 스트라스버그가 파워커브를 던지지 않을 수도 있었다.

그때는 지금까지 준비한 것이 말짱 도루묵이었다.

'커트해 내야 한다.'

스티븐 스트라스버그가 3구째로 던질 구종은 아직 알 수 없었다.

그렇지만 파워커브를 던지지 않을 것은 확실했다.

포수와 사인을 주고받은 스티븐 스트라스버그는 오른손에 쥐고 있던 공을 한 바퀴만 회전시키며 그립을 잡았으니까.

'어떤 구종의 공을 던질까?'

서둘러 수 싸움을 시작한 박건의 마음이 조급해졌을 때였다.

"타임."

이용운이 외쳤다.

'나도 시간이 더 있었으면 좋겠습니다.'

박건이 속으로 생각했을 때, 이용운이 다시 소리쳤다.

"타임을 요청하라고."

'아, 그 타임이었구나.'

박건이 뒤늦게 말뜻을 이해했을 때는 너무 늦었다.

스티븐 스트라스버그가 이미 투구 동작에 돌입해 있었기 때문이었다.

'지금 타임을 요청해도 받아주지 않을 거야.'

이렇게 판단한 박건이 타임을 요청하는 것을 포기하고 배트를 움켜쥐고 있던 양손에서 힘을 뺐다.

스르르.

배트가 조금 아래로 내려온 순간, 박건이 다시 양손에 힘을 주며 배트를 힘껏 움켜쥐었다.

슈아악.

그때 스티븐 스트라스버그의 손에서 공이 떠났다.

'바깥쪽 직구!'

박건이 짧게 쥔 배트를 휘둘렀다.

틱.

배트 끝부분에 걸린 타구는 1루 측 더그아웃 쪽으로 굴러갔다.

간신히 스티븐 스트라스버그의 바깥쪽 직구를 커트해 내는데 성공한 후, 박건이 안도의 한숨을 내쉬며 물었다.

"혹시 그래서였습니까?"

"뭘 묻는 것이냐?"

"오늘 경기 두 번째 타석에서 구종 예측을 하시지 않았던 것

말입니다. 혹시 스티븐 스트라스버그가 저를 상대로 파워커브를 던지지 않아서였습니까?"

"맞다."

자신의 예상이 옳았다는 사실을 깨달은 박건이 신중한 표정으로 다시 타격자세를 취했다.

최상의 시나리오는 스티븐 스트라스버그가 4구째로 파워커브를 구사하는 것이었다.

그러나 박건의 바람은 이뤄지지 않았다.

4구째 공을 던지기 전, 포수와 사인을 주고받은 스티븐 스트라스버그가 글러브 속에 손을 넣고 그립을 잡는 데 걸린 시간.

이번에도 1초였다.

즉 한 바퀴만 공을 돌린 것이었다.

스르륵.

그것을 확인한 박건이 다시 배트를 움켜쥔 양손에서 힘을 빼며 외쳤다.

"타임. 배트가 자꾸 미끄러지네요."

지익. 지이익.

타석에서 벗어난 박건이 장갑을 고쳐 낀 후, 타석으로 돌아왔다.

흔들.

흔들.

포수와 사인을 주고받는 스티븐 스트라스버그가 연신 고개를 흔들었다.

끄덕.

마침내 사인 교환을 마친 스티븐 스트라스버그가 고개를 끄덕였을 때, 박건이 속으로 소리쳤다.

'제발 바꿔라.'

이번에는 박건의 바람이 통했다.

스티븐 스트라스버그가 글러브 속에 넣고 있던 오른손이 빠져나오는 데 걸리는 시간이 이전보다 조금 더 걸렸다.

'1.5초.'

그리고 그게 다가 아니었다.

오른팔 어깨 근육도 두 번 움직인 것을 박건은 놓치지 않았다.

'됐다.'

박건이 속으로 쾌재를 외친 순간, 스티븐 스트라스버그의 손에서 공이 떠났다.

슈악.

이용운이 알려준 대로였다.

공을 두 바퀴 회전시킨 스티븐 스트라스버그는 파워커브를 던졌다.

잔뜩 웅크린 채 기다리고 있던 박건이 힘껏 배트를 휘둘렀다.

따악.

경쾌한 타격음과 함께 타구는 좌중간으로 날아갔다.

좌익수가 열심히 쫓아갔지만 노바운드로 타구를 처리하기에는 역부족이었다.

좌중간을 반으로 가른 박건의 타구는 펜스까지 굴러갔다.

타닷.

타다닷.

3루 주자인 브라이언 마일스와 2루 주자 로빈슨 카노가 홈으로 파고들었고, 박건도 여유 있게 2루에 안착했다.

2—2.

박건의 적시타가 나오면서 경기의 균형추가 맞춰졌다.

2루 베이스 위에 올라서 있던 박건이 더그아웃 쪽으로 고개를 돌렸다.

자신의 계획대로 경기가 흘러가지 않기 때문일까.

미겔 카브레라 감독은 박건의 2타점 적시타가 나오며 뉴욕 메츠가 동점을 만들었음에도 웃지 않았다.

대신 영 마뜩잖은 표정을 짓고 있었다.

'미겔 카브레라 감독의 표정이 더 구겨졌으면 좋겠는데.'

속으로 생각하던 박건이 타석에 들어선 폴 바셋을 바라보았다.

'폴 바셋이 여기서 적시타를 때려낸다면?'

미겔 카브레라 감독은 오늘 경기를 앞두고 박건을 4번 타순, 폴 바셋을 5번 타순에 포진시켰다.

그가 박건과 폴 바셋을 중심타선에 포진시킨 이유는 타격 부진이 더 도드라져 보이게 만들기 위함이었다.

그런데 박건에 이어 폴 바셋마저 적시타를 때려낸다면, 미겔 카브레라 감독의 계획은 완전히 어그러지는 것이었다.

스윽.

거기까지 생각이 미친 박건이 2루 베이스와의 거리를 벌렸다.

"뭐 하는 거냐?"

박건의 리드 폭이 크다는 것을 알아챈 이용운이 물었다.

"선배님께 배운 대로 하고 있습니다."

"……?"

"타석에 서 있는 타자가 적시타를 때려낼 수 있도록 기도하고 있지 말고 직접 움직이라고 말씀하셨지 않습니까?"

"리드 폭을 벌려서 스티븐 스트라스버그가 타자와의 승부에 오롯이 집중하지 못하도록 만들겠다?"

"맞습니다."

"예전에는 아무 생각이 없었는데 확실히 변하긴 했구나."

이용운이 칭찬한 순간, 스티븐 스트라스버그가 투구 동작에 돌입했다.

슈아악.

타다닷.

그의 손에서 공이 떠난 순간, 박건이 스타트를 끊었다.

"볼."

몸쪽 높게 들어온 직구를 받은 포수가 벌떡 일어나며 2루로 송구했다.

그렇지만 슬라이딩을 하며 2루로 돌아온 박건의 손끝이 베이스에 닿는 것이 2루수의 태그보다 빨랐다.

"세이프."

2루심이 세이프 선언을 한 순간, 스티븐 스트라스버그가 박건을 매섭게 노려보았다.

박건이 그 시선을 피하지 않은 채 스티븐 스트라스버그를 응시했다.

두 사람 중 먼저 시선을 피한 것은 스티븐 스트라스버그였다.

포수와 사인을 교환한 후에도 스티븐 스트라스버그는 2루 주자인 박건 쪽으로 시선을 던지지 않았다.

의도적으로 무시하는 듯한 태도였지만, 박건은 여전히 스티븐 스트라스버그에게서 시선을 떼지 않았다.

'날 신경 쓰지 않을 수 없어.'

1사 2루와 1사 3루.

무척 차이가 컸다.

1사 2루의 경우에는 안타가 나와야만 득점을 올릴 수 있지만, 1사 3루의 경우에는 외야플라이만 나와도 득점을 올릴 수 있기 때문이었다.

스윽.

박건이 다시 리드 폭을 늘렸을 때, 스티븐 스트라스버그가 투구 동작에 돌입했다.

슈아악.

바깥쪽 직구는 낮았다.

"볼."

주심이 볼 판정을 한 순간, 스티븐 스트라스버그가 미간을 찌푸렸다.

주심의 판정에 불만이 있어서가 아니었다.

2볼 노 스트라이크의 불리한 볼카운트에 몰린 것이 마음에 들지 않기 때문이었다.

반면 박건의 표정은 밝아졌다.

'역시 날 의식하고 있어.'

폴 바셋을 상대하던 스티븐 스트라스버그는 초구에 이어 2구째도 직구를 던졌다.

박건이 3루를 훔치기 위해서 스타트를 끊을 수 있다고 우려해서 변화구가 아닌 직구 승부를 잇따라 가져가는 것이었다.

'폴 바셋도 알고 있을까?'

타석에 서 있는 폴 바셋을 바라보던 박건이 두 눈을 빛냈다.

'배트를 짧게 쥐었다.'

폴 바셋이 평소보다 배트를 짧게 쥐고 있는 것을 확인했기 때문이었다.

'직구에 대처하기 위해서야. 폴 바셋 역시 직구가 들어올 가능성이 높다는 사실을 알고 있어.'

스윽.

박건이 다시 리드 폭을 늘렸다.

그런 박건의 눈에 신중하게 포수와 사인을 주고받은 스티븐 스트라스버그가 오른손을 글러브 속에 넣고 그립을 잡는 것이 보였다.

타석에 서 있을 때와 2루 주자로 있을 때는 또 달랐다.

스티븐 스트라스버그의 오른팔 어깨 근육이 미세하게 움직이는 것을 볼 수 없었기 때문이었다.

그가 그립을 잡기 위해서 공을 몇 바퀴 회전시켰는가를 박건이 알 수 있는 방법은 시간뿐이었다.

'1.5초.'

잠시 후, 박건의 표정이 굳어졌다.

스티븐 스트라스버그가 그립을 잡기 위해 글러브 속에 넣고 있던 오른손을 빼는 데 시간이 1.5초 걸렸다는 것을 확인했기 때문이었다.

'파워커브다.'

타석에 서 있는 폴 바셋은 직구를 기다리고 있는 상황.

그런데 스티븐 스트라스버그는 3구째로 파워커브를 던지려 하고 있었다.

이대로라면 폴 바셋이 타격하더라도 범타로 물러날 확률이 높았다.

'어쩌지?'

거기까지 생각이 미친 박건이 리드 폭을 더 늘렸다.

"너무 리드 폭이 크다. 견제사를 당할 수도 있어."

이용운이 우려를 표했지만, 박건은 리드 폭을 줄이는 대신 오히려 더 늘렸다.

"저도 압니다."

"알아? 그런데?"

"견제를 해주길 바라기 때문에 이러는 겁니다."

박건이 대답한 후 덧붙였다.

"유격수와 2루수의 움직임을 잘 봐주십시오."

"왜?"

"견제사를 당하고 싶지는 않거든요."

박건이 말을 마치며 3루 쪽으로 반보 더 이동했을 때였다.

"유격수가 움직였다."

이용운이 워싱턴 내셔널스의 유격수가 움직였다는 사실을 알려주었다.

빙글.

포수의 사인을 통해서 박건의 리드 폭이 무척 크다는 것을 알아챈 스티븐 스트라스버그가 몸을 돌리며 2루로 견제구를 뿌렸다.

쉬이익.

탁.

견제구의 방향은 정확했지만, 유격수가 움직인다는 정보를 캐치하고 재빨리 귀루한 박건은 견제사를 당하지 않았다.

"위험했다."

"저도 알고 있습니다. 그렇지만 위험을 감수할 가치가 있었습니다."

박건이 스티븐 스트라스버그에게서 시선을 떼지 않은 채 입을 뗐다.

이용운이 견제사를 우려했을 정도로 박건이 리드 폭을 크게 벌렸던 이유는 워싱턴 내셔널스의 배터리가 다시 사인을 교환하게 만들기 위함이었다.

그런 박건의 의도는 적중했다.

흔들. 흔들.

스티븐 스트라스버그와 포수가 다시 사인을 주고받기 시작했다.

스윽.

그사이, 박건이 다시 리드 폭을 늘리기 시작했다.

이용운이 야수들의 움직임을 알려주는 상황. 그를 믿은 박건이 아까보다 더 과감하게 리드 폭을 늘리며 워싱턴 내셔널스 배터리를 자극했을 때였다.

끄덕.

여러 차례 고개를 흔들었던 스티븐 스트라스버그가 고개를
끄덕인 후 오른손으로 그립을 잡았다.

'1초니까… 한 바퀴.'

스티븐 스트라스버그가 글러브 안에서 그립을 쥐고 오른손을
빼내는 데 걸린 시간이 1초라는 것이 아까와 사인이 바뀌었다는
증거.

'야수들이 움직인다는 이야기가 없으니까… 타자와 승부다.'

박건의 예상대로였다.

스티븐 스트라스버그는 견제구를 던지는 대신 투구 동작에
돌입했다.

슈아악.

그의 손에서 공이 떠난 순간, 박건이 속으로 쾌재를 외쳤다.

'직구.'

리드 폭을 크게 늘리면서 워싱턴 내셔널스 배터리의 신경을
곤두서게 만든 게 헛수고가 아님을 알아챘기 때문이었다.

'코스는?'

포수는 미트를 바깥쪽 코스에 갖다 대고 있었다. 그러나 스티
븐 스트라스버그의 손을 떠난 직구의 코스는 가운데로 몰렸다.

2루 주자인 박건에게 신경을 쓰느라 제구 미스가 나온 것이었
다.

따악.

그리고 폴 바셋은 가운데로 몰린 스티븐 스트라스버그의 3구

째 직구를 놓치지 않고 받아 쳤다.

배트 중심에 제대로 걸린 총알 같은 타구는 1, 2루 간을 꿰뚫었다.

리드 폭이 컸던 박건은 전력 질주를 해서 홈으로 파고들었다.

쉬이익.

탁.

"…세이프."

주심이 반박자 늦게 세이프를 선언했다.

홈승부가 접전이어서 판정을 내리는 데 어려움을 겪어서가 아니었다.

박건의 손끝이 베이스에 닿는 것이 태그보다 한참 빨랐기 때문에 반박자 늦게 세이프 판정을 한 것이었다.

3—2.

마침내 역전을 만들어내는 데 성공한 순간, 박건이 주먹을 불끈 움켜쥐었다. 그리고 더그아웃으로 돌아오던 박건의 눈에 미겔 카브레라 감독의 표정이 와락 구겨져 있는 것이 보였다.

'더 구겨졌다.'

미겔 카브레라 감독의 표정을 확인한 박건의 입가로 미소가 번졌다.

\*　　　　\*　　　　\*

뉴욕 메츠는 어렵사리 역전을 만들어냈다.

이제 남은 것은 리드를 지키면서 경기를 마무리하는 것.

미겔 카브레라 감독은 필승조에 속한 불펜투수들을 총동원했다.

그러나 뉴욕 메츠의 리드는 오래가지 않았다.

8회 초에 팀의 세 번째 투수로 등판한 세스 루고가 워싱턴 내셔널스의 4번 타자인 앤서니 론돈에게 솔로홈런을 얻어맞았기 때문이었다.

3—3.

동점 상황에서 뉴욕 메츠의 9회 말 정규이닝 마지막 공격이 시작됐다.

워싱턴 내셔널스의 마운드는 여전히 스티븐 스트라스버그가 지키고 있었다.

8회까지 스티븐 스트라스버그의 투구수는 94개.

투구수가 100개에 가까워졌음에도 그는 9회에도 마운드에 올랐다.

'다행이다.'

9회 말에도 마운드에 올라와 있는 스티븐 스트라스버그를 확인하고서 박건이 안도의 한숨을 내쉬었을 때였다.

"뉴욕 메츠의 약점 중 하나는 불펜이다."

이용운이 꺼낸 이야기를 들은 박건이 고개를 끄덕여 수긍했다.

릭 콘솔로, 케일러 퍼거슨, 세스 루고.

뉴욕 메츠의 필승조에 속한 불펜투수들이었다.

그러나 필승조에 속한 세 명의 불펜투수들은 등판할 때마다 잇따라 실점을 허용하며 팀의 리드를 지키지 못하는 불안한 면모를 노출하고 있었다.

오늘 경기에서도 마찬가지였다.

8회 초에 팀의 세 번째 투수로 마운드에 올랐던 세스 루고는 앤서니 론돈에게 솔로홈런을 얻어맞으며 뉴욕 메츠의 리드를 지키지 못하고 동점을 허용했다.

'9회 말에 경기를 끝내야 한다.'

경기가 연장으로 접어든다면, 불펜진이 약한 뉴욕 메츠가 패할 확률이 높다는 계산을 하며 박건이 그라운드를 응시했다.

'루상에 주자가 모여 있으면 좋을 텐데.'

박건이 내심 기대했지만, 상황은 기대와 달랐다.

2번 타자 로빈슨 카노와 3번 타자 미구엘 콘포토는 스티븐 스트라그버그를 상대로 내야땅볼과 삼진으로 물러났다.

'99마일?'

대기타석에 서 있던 박건이 전광판에 찍힌 구속을 확인하고 감탄했다.

미구엘 콘포토를 삼진으로 돌려세운 스티븐 스트라스버그의 오늘 경기 102번째 공인 몸쪽 직구의 구속은 무려 99마일이었다.

경기 초반보다 오히려 직구 구속이 더 상승해 있었다.

'만약 스티븐 스트라스버그의 습관을 몰랐다면?'

박건은 스티븐 스트라스버그가 뿜어내고 있는 투지에 당황했으리라.

그러나 그의 습관을 알고 있기에 박건은 침착하게 타석에 임했다.

슈아악.

스티븐 스트라스버그가 초구로 던진 바깥쪽 직구를 박건이 그냥 흘려보냈다.

"스트라이크."

끄덕.

포수와 사인을 주고받던 스티븐 스트라스버그가 그립을 잡기 위해서 글러브 속으로 오른손을 넣었다.

'늦다.'

초구 직구를 던지기 위해서 글러브 속에 오른손을 넣고 있던 때와 지금, 오른손이 글러브에서 빠져나오는 시간이 달랐다.

지금이 조금 더 늦었다.

'파워커브.'

박건이 두 눈을 빛내며 잔뜩 웅크렸다.

슈악.

박건의 계산대로였다.

어김없이 파워커브가 들어온 순간, 박건이 확신을 가진 채 힘껏 배트를 돌렸다.

따악.

묵직한 타격음이 흘러나온 순간, 스티븐 스트라스버그가 급히 고개를 돌려 타구의 궤적을 확인하는 모습이 눈에 들어왔다. 그리고 외야 펜스를 훌쩍 넘기고 떨어지는 타구를 확인한 스티븐 스트라스버그가 고개를 떨궜다.

천천히 그라운드를 돌아서 홈플레이트로 돌아온 박건이 불끈 쥔 주먹을 들어 올렸다.

'끝내기홈런은 처음이구나.'

와아.

와아아.

3루를 돌아 홈플레이트로 돌아오던 박건이 달리던 속도를 늦췄다.

자신을 향해 쏟아지던 야유가 환호로 바뀌었다는 사실을 뒤늦게 알아챘기 때문이었다.

그때, 이용운이 소리쳤다.

"홈 팬들에게서 첫 환호를 받은 것을 축하한다. 그리고 스티븐 스트라스버그의 천적이 된 것도 축하한다."

제8장

최종 스코어 4—3.

박건의 끝내기홈런이 터지면서 뉴욕 메츠는 워싱턴 내셔널스를 상대로 1점 차의 신승을 거두었다.

연승 숫자를 3으로 늘렸다는 것, 그리고 워싱턴 내셔널스의 에이스인 스티븐 스트라스버그를 무너뜨렸다는 점에서 무척 의미가 큰 승리였다.

4타수 2안타.

그 2안타 중에는 홈런이 하나 포함되어 있었고, 타점도 셋이나 올린 박건은 뉴욕 메츠가 3연승을 달리는 동안 팀의 구심점역할을 맡았다.

그렇지만 승리의 여운은 오래가지 않았다.

"산 넘어 산이로구나."

승리의 여운이 빠르게 가신 순간, 박건이 한숨을 내쉬었다.

내일 경기가 걱정됐기 때문이었다.

스티븐 스트라스버그라는 큰 산을 넘는 데 성공했지만, 아직 끝이 아니었다.

내일 경기에 워싱턴 내서널스가 선발투수로 예고한 멕스 슈어저 역시 리그 최정상급 투수였다.

스티븐 스트라스버그 못지않게 큰 산.

산 넘어 산이라는 표현이 딱 어울리는 상황이었다.

"선배님."

"오늘따라 날 부르는 목소리에 부쩍 친근함이 묻어나는구나."

'역시 눈치 참 빨라.'

박건이 속으로 혀를 내둘렀다.

그렇지만 박건은 더 친근함을 담은 목소리로 덧붙였다.

"내일 경기도 잘 부탁드리겠습니다."

스티븐 스트라스버그라는 큰 산을 넘을 수 있었던 데는 이용운의 도움이 결정적이었다.

그가 파워커브를 구사할 때는 다른 구종의 공을 구사할 때와 달리 그립을 잡을 때 공을 두 바퀴 회전시킨다는 습관을 알아내서 알려주었으니까.

"스티븐 스트라스버그의 천적이 된 것을 축하한다."

스티븐 스트라스버그를 상대로 끝내기홈런을 때리고 그라운드를 돌고 있을 때, 이용운이 건넸던 축하 인사였다.

그 축하 인사를 들었을 당시, 박건의 가슴은 뜨거워졌었다.

그러나 뜨거웠던 가슴은 금세 식었다.

'의미 없다.'

의미 없단 생각이 퍼뜩 들었기 때문이었다.

만약 박건이 계속 메이저리그 도전을 이어나갈 수 있다면, 스티븐 스트라스버그를 상대할 기회가 자주 찾아올 것이었다. 그리고 스티븐 스트라스버그의 투구 습관을 알고 있으니, 스티브 블레스처럼 그의 천적이 될 수 있었다.

그러나 박건이 메이저리그 도전을 계속 이어나갈 수 있는가 여부는 아직 확정된 것이 아니었다.

메이저리그 타 구단이 영입을 도모하지 않는다면, 박건은 청우 로열스로 복귀하면서 메이저리그 도전은 끝이 날 터였다.

그때는 스티븐 스트라스버그를 만날 수 있는 기회조차 없으니, 의미가 없다는 생각이 들었던 것이었다.

결국 박건으로서는 내일 경기 멕스 슈어저와의 맞대결이 중요했다.

"요행을 바라지 마라."

그때, 이용운이 대답했다.

"요행… 이요?"

"스티븐 스트라스버그의 투구 습관을 찾아냈던 것은 운이 좋았기 때문이다. 멕스 슈어저의 투구 습관을 찾아낼 수 있는 가능성은 희박하다."

이용운은 요행을 바라지 말라고 충고했다.

"그럼 멕스 슈어저를 어떻게 공략해야 합니까?"

박건의 질문을 받은 이용운이 대답했다.

"정면 승부를 해야지."

*       *       *

지푸라기라도 잡고 싶은 심정이기 때문일까?

내일 경기도 잘 부탁한다고 말하던 박건의 목소리에는 간절함과 절실함이 묻어났다.

"요행을 바라지 마라."

그런 박건에게 이용운이 건넸던 충고였다.

그러나 지푸라기라도 잡고 싶은 것은 이용운도 마찬가지였다.

'분수령.'

내일 경기에서 워싱턴 내셔널스의 선발투수로 예고된 멕스 슈어저를 상대로 어떤 결과를 만들어내는가 여부에 따라서 박건의 메이저리그 도전이 이어질 수 있는가 여부가 결정될 확률이 높았기 때문이었다.

'뭐라도 찾아내야지.'

모니터 화면에 떠올라 있는 멕스 슈어저의 투구 영상을 이용운이 집중해서 바라보았다.

최상의 경우는 스티븐 스트라스버그 때처럼 멕스 슈어저의 투구 습관을 간파해 내는 것이었다.

그러나 아무리 살펴도 멕스 슈어저에게서는 눈에 띄는 투구 습관을 찾을 수가 없었다.

'완벽히 똑같아.'

직구, 슬라이더, 체인지업, 커브까지.

맥스 슈어저는 포 피치 유형의 투수였다.

그리고 맥스 슈어저는 네 구종을 던질 때 투구폼이 모두 같았다.

'스티븐 스트라스버그와 함께 현시점 메이저리그 최고의 우완투수.'

맥스 슈어저에 대한 세간의 평가.

그의 약점을 찾는 것은 어려웠다.

메이저리그 전문가들이 평가하는 맥스 슈어저의 가장 큰 장점은 직구의 회전수였다.

평균 구속 95마일인 맥스 슈어저의 직구는 빠르기만 한 것이다가 아니었다.

메이저리그 최고 수준의 회전수를 가졌기 때문에 홈플레이트를 통과하는 순간 우타자의 몸쪽으로 휘어져 들어오는 현란한 볼끝의 움직임을 보였다.

누구의 직구가 가장 위력적인가를 평가하는 구종 평가에서 맥스 슈어저의 직구는 매년 3위 안에 들었을 정도였다.

그런 맥스 슈어저의 또 하나의 장점은 타고난 승부욕이었다.

선발투수로서 책임감이 강해서 등판 시마다 최대한 많은 이닝을 소화하려 했고, 실점 위기에 몰리더라도 타자와의 승부를 피해 가거나 도망치는 스타일이 아니었다.

이런 맥스 슈어저의 유일한 단점으로 꼽히는 것.

메이저리그 최정상급 투수치고는 피홈런 개수가 많다는 점이었다. 그리고 멕스 슈어저의 피홈런 개수가 많은 이유는 실투가 잦았기 때문이었다.

메이저리그 최정상급 투수들의 경기당 실투 비율은 1에서 3개.

그러나 멕스 슈어저는 그보다 많은 경기당 4개에서 6개였다.

슈악.

따악.

그때, 이용운의 귓가에 묵직한 타격음이 들렸다.

쭉쭉 뻗어 나간 타구는 외야 펜스를 훌쩍 넘기고 떨어졌다. 그리고 마이애미 말린스 소속인 브라이언 할리데이에게 홈런을 허용한 멕스 슈어저가 가쁜 숨을 몰아쉬며 미간을 찡그린 모습이 보였다.

'혹시……?'

이용운이 정신을 집중하기 시작했다.

딸깍, 딸깍.


─브라이언 할리데이, 멕스 슈어저.


마우스를 클릭해서 포털사이트를 연 이용운이 검색란에 두 선수의 이름을 입력하고 검색했다.

30타수 7안타.

잠시 후 두 선수의 상대 전적을 확인한 이용운이 고개를 갸웃했다.

'스티브 블리스와 스티븐 스트라스버그처럼 천적 관계가 아

닐까?'

이런 기대를 품은 채 검색해 보았지만, 브라이언 할리데이와 멕스 슈어저의 상대 전적은 천적과는 거리가 멀었다.

톡, 톡, 토독.

―맷 부쉬, 멕스 슈어저.
―이안 다이아몬드, 멕스 슈어저.
―닉 페드로이치, 멕스 슈어저.

그 후로도 이용운은 멕스 슈어저를 상대로 홈런을 때리거나 장타를 빼앗아낸 타자들의 이름을 입력해서 상대 전적을 알아보았다.

그러나 이용운의 기대와 달리 멕스 슈어저를 상대로 천적이라 불러도 좋을 정도의 상대 전적을 기록한 타자는 없었다.

'이 방식은 먹히지 않아.'

천적을 찾아서 멕스 슈어저를 공략하는 방법을 찾겠다는 계획을 세웠던 이용운이 도중에 계획을 수정했다.

'좋은 방법이 없을까?'

딸깍. 딸깍.

마우스를 클릭해서 멕스 슈어저가 홈런 내지 안타를 허용하는 영상을 무심코 바라보던 이용운이 잠시 후 두 눈을 빛냈다.

한 가지 공통점을 찾아내는 데 성공했기 때문이었다.

'혹시… 이건가?'

딸깍. 딸깍.

이용운이 마우스를 클릭해서 영상을 재생시켰다. 그리고 이번에 이용운이 살핀 것은 멕스 슈어저가 투구하는 장면이 아니었다.

슈악.

따악.

워싱턴 내셔널스 타자들이 상대 팀 투수를 공략하는 영상을 지켜보던 이용운이 작게 혼잣말을 꺼냈다.

"공략 방법을 찾은 것 같다."

          *          *          *

노아 신더가드 VS 멕스 슈어저.

뉴욕 메츠와 워싱턴 내셔널스의 3연전 2차전 선발투수 매치업이었다.

노아 신더가드는 뉴욕 메츠의 1선발을 맡고 있는 투수.

멕스 슈어저는 워싱턴 내셔널스의 2선발을 맡고 있는 투수.

그렇지만 노아 신더가드가 출전하는 뉴욕 메츠가 멕스 슈어저를 선발투수로 내세운 워싱턴 내셔널스에 비해 유리하다고 평가하는 전문가들은 없었다.

노아 신더가드와 멕스 슈어저 모두 리그 최정상급 투수들.

우열을 가리기는 어려웠다.

팽팽한 투수전이 예상되는 경기.

관중석에서 미겔 카브레라 감독이 발표한 뉴욕 메츠 선발 라인업을 살핀 후 송이현이 입을 뗐다.

"박건 선수는 오늘도 4번 타자로 출전했네요."

"가장 중요한 경기에서 팀의 4번 타자라는 중책을 맡았군요."

'가장 중요한 경기?'

제임스 윤이 말을 마친 순간, 송이현이 호기심을 느꼈다.

"뉴욕 메츠가 연승 가도를 달리고 있기 때문에 가장 중요한 경기라고 표현한 건가요?"

"아닙니다."

"그럼요?"

"뉴욕 메츠 입장에서도 중요한 경기이긴 하지만, 박건 선수 입장에서 훨씬 더 중요한 경기입니다. 어쩌면 박건 선수의 야구 인생에서 가장 중요한 경기일 수도 있습니다."

"왜 박건 선수에게 가장 중요한 경기일 수도 있다는 거죠?"

"멕스 슈어저를 상대로 어떤 모습을 보여주느냐? 여기에 따라서 박건 선수가 메이저리그 도전을 이어나가느냐? 아니면, 청우 로열스로 복귀하느냐가 달려 있거든요."

"이 한 경기에 모든 것이 걸려 있다는 건가요?"

"맞습니다."

"너무 가혹한 것 아닌가요?"

"그게 메이저리그입니다."

"하지만……."

"박건 선수는 어제 경기에서 리그 최정상급 투수인 스티븐 스트라스버그를 상대로 4타수 2안타를 기록했습니다. 홈런 하나를 포함해서 3타점을 올리는 활약을 펼쳤죠. 분명히 훌륭한 활약이었지만, 이게 처음이었습니다."

"왜 처음이라는 거죠?"

송이현이 미국으로 건너온 후 박건은 길었던 부진에서 벗어났다. 그리고 뉴욕 메츠가 3연승을 거두는 동안 매 경기 MVP급 활약을 펼쳤다.

그런데 제임스 윤은 박건이 어제 경기에서만 훌륭한 활약을 펼쳤다는 식으로 말했다.

해서 송이현이 따지듯 물었을 때, 제임스 윤이 고개를 흔들었다.

"제가 말씀드린 건 다른 의미입니다."

"다른 의미요?"

"박건 선수가 리그 정상급 투수들을 상대로 훌륭한 활약을 펼친 것이 지난 경기가 처음이란 뜻이었습니다."

이번에는 송이현이 반박하지 못하고 수긍했다.

그동안 박건은 각 팀의 1선발과 2선발로 나서는 리그 정상급 투수들을 상대로 고전하는 모습을 보였으니까.

"하지만 그건 박건 선수의 기량이 부족해서가 아니었어요. 미겔 카브레라 감독의 들쭉날쭉한 기용 방식 때문에 리그 적응에 어려움을 겪었고, 또 타격감을 유지하기 힘들어서였다는 것, 제임스 윤도 알고 있잖아요?"

"물론 저는 알고 있습니다. 또, 캡틴도 알고 있죠. 그렇지만 대부분의 사람들은 모릅니다."

"……?"

"그들은 드러난 기록만 봅니다. 그래서 박건 선수는 리그 정상급 투수들의 공은 공략하지 못한다는 평가를 내리고 있죠."

"스티븐 스트라스버그는 리그 최정상급 투수 중 한 명이잖아요. 그리고 박건 선수가 그를 상대로 훌륭한 활약을 했으니까 이제는 그 평가가 바뀌어야 하는 것 아닌가요?"

"아까도 말씀드렸듯이 처음이었습니다."

"박건 선수가 리그 정상급 투수를 상대로 훌륭한 활약을 펼친 것은 어제 경기가 처음이다. 그러니 평가가 바뀌기에는 시기상조다?"

"정확합니다. 그래서 제가 아까 멕스 슈어저를 상대하는 오늘 경기가 박건 선수의 야구 인생에서 가장 중요한 경기일 수도 있다고 말씀드린 겁니다. 만약 멕스 슈어저를 상대로도 박건 선수가 인상적인 활약을 펼친다면, 리그 정상급 투수의 공은 공략하지 못한다는 평가가 바뀔 테니까요."

"우연은 반복되지 않는다?"

"그런 셈이죠."

송이현이 비로소 제임스 윤의 말뜻을 이해했을 때였다.

"1회 초가 가장 중요합니다."

제임스 윤이 덧붙였다.

그 이야기를 들은 송이현이 다시 의아함을 느꼈다.

뉴욕 메츠와 워싱턴 내셔널스의 3연전은 뉴욕 메츠의 홈구장인 시티 필드에서 펼쳐지고 있었다.

원정팀이 먼저 공격하는 것이 룰.

1회 초에 공격을 나서는 것은 뉴욕 메츠가 아니라 워싱턴 내셔널스였다.

'착각했나?'

그래서 제임스 윤이 착각한 게 아닐까 하고 생각했을 때였다.

"홈팀과 원정팀을 착각할 정도로 제가 한심하지는 않습니다."

제임스 윤이 송이현의 속내를 읽은 듯 말했다.

"제가 1회 초 워싱턴 내셔널스의 공격이 중요하다고 말씀드린 이유는 야구는 흐름의 경기이기 때문입니다. 이미 알고 계시겠지만, 뉴욕 메츠의 에이스인 노아 신더가드의 시즌 출발은 좋지 않습니다. 만약 오늘 경기에서도 노아 신더가드가 경기 초반에 대량 실점을 허용하게 된다면 멕스 슈어저의 투구 패턴도 달라질 겁니다. 접전이냐? 점수 차가 크게 벌어져 있느냐? 상황에 따라서 투수들의 투구 패턴은 변하는 법이니까요."

"만약 노아 신더가드가 1회 초에 대량 실점을 허용하게 되면요?"

"뉴욕 메츠 타자들은 멕스 슈어저 공략에 어려움을 겪게 될 겁니다. 멕스 슈어저는 장점인 몸쪽 공략을 더 과감하게 펼칠 테니까요."

송이현이 제임스 윤에게 새삼스런 시선을 던졌다.

청우 로열스 단장을 맡은 후, 송이현은 야구를 보는 눈이 이전에 비해 한층 깊어졌다고 판단했다.

그러나 제임스 윤과의 격차는 여전히 크다는 사실을 깨달았기 때문이었다.

"플레이볼."

그때 주심이 경기 시작을 선언했다.

'어떻게 될까?'

송이현이 그라운드로 흥미로운 시선을 던지고 있을 때, 제임스 윤이 불쑥 물었다.

"그보다 결정하셨습니까?"

"뭘 결정했느냐는 거죠?"

"박건 선수가 선전을 펼치길 바라십니까? 아니면, 박건 선수가 부진하길 바라십니까?"

그 질문을 받은 송이현이 한숨을 내쉬며 대답했다.

"둘 중 어느 쪽이냐면……."

*　　　*　　　*

슈악.

노아 신더가드의 손을 떠난 8구째 공이 홈플레이트를 통과했다.

워싱턴 내셔널스의 리드오프인 애덤 이튼이 움찔하며 주심을 바라보았다.

"볼."

주심이 볼을 선언하자, 애덤 이튼이 배트를 내려놓고 보호 장구를 벗었다.

애덤 이튼에게 던진 8구째 바깥쪽 슬라이더가 스트라이크존을 통과했다고 확신했던 노아 신더가드의 표정이 일그러졌다.

'출발이 안 좋아.'

볼넷을 얻어내고 1루로 향하는 애덤 이튼을 바라보던 박건이 눈살을 찌푸렸다.

노아 신더가드는 첫 타자인 애덤 이톤을 상대로 8개의 공을 던진 데다가 출루까지 허용했다.

게다가 주심의 판정에 불만도 품었다.

슈아악.

워싱턴 내셔널스의 2번 타자 브라이언 도우저를 상대로 노아 신더가드는 초구로 바깥쪽 직구를 던졌다.

애덤 이톤을 상대하며 8구째로 던졌던 바깥쪽 슬라이더와 거의 같은 코스로 들어간 바깥쪽 직구.

"볼."

주심은 이번에도 스트라이크 판정을 하지 않았다.

슈아악.

노아 신더가드는 2구째도 바깥쪽 직구를 선택했다.

원래 의도는 초구 직구보다 공 반 개 정도 가운데로 던지려는 것이었지만, 제구가 뜻대로 되지 않았다.

따악.

가운데로 몰린 실투를 브라이언 도우저가 놓치지 않고 받아쳤다.

총알 같은 타구는 1, 2루 간을 꿰뚫고 외야로 빠져나갔다.

무사 1, 2루 상황에서 타석에는 3번 타자 후안 소토가 등장했다.

슈악.

슈악.

후안 소토를 상대로 노아 신더가드는 초구와 2구 모두 유인구를 선택했다. 그러나 후안 소토가 잘 참아내며 2볼 노 스트라이크의 불리한 볼카운트에 몰렸다.

그리고 3구째.

슈아악.

노아 신더가드는 몸쪽 직구를 던졌다.

스트라이크를 던지기 위함이었지만, 너무 깊었다.

"볼."

3볼 노 스트라이크로 볼카운트가 변한 순간, 박건이 우려를
표했다.

"제구가 흔들리네요."

그 말을 들은 이용운이 말했다.

"노아 신더가드의 제구가 흔들리는 이유는 미겔 카브레라 감
독 때문이다."

'미겔 카브레라 감독?'

박건이 의아한 표정을 지었다.

더그아웃에 앉아 있는 미겔 카브레라 감독과 노아 신더가드
의 제구가 흔들리는 것 사이에 어떤 연관성이 있다는 건지 이해
가 가지 않았기 때문이었다.

'등판 일정을 바꾼 것도 아닌데?'

박건의 의구심이 깊어졌을 때, 이용운이 덧붙였다.

"미겔 카브레라 감독이 폴 바셋 대신 아사메드 로사리오를 중
용하면서 노아 신더가드의 불신을 키웠거든."

"그 말씀은… 노아 신더가드가 야수들을 믿지 못한다는 겁니
까?"

"그래. 이미 여러 차례 데였거든."

박건이 들썩이는 노아 신더가드의 등을 바라보았다.

올 시즌 노아 신더가드의 성적은 1승 3패.

리그 최정상급 투수에 어울리는 성적은 아니었다.

그렇지만 노아 신더가드가 부진한 원인은 갑작스런 구위 하락 때문이 아니었다.

수비에서 야수들의 도움을 전혀 받지 못했던 것이 컸다.

특히 유격수 아사메드 로사리오는 노아 신더가드가 등판했을 때마다 잦은 실책과 판단 미스를 범하며 실점의 빌미를 허용했었다.

"수비 시에 야수들의 도움을 받지 못하는 경우가 늘어나면서 노아 신더가드는 야수들을 믿지 못하게 됐다. 그래서 투구 패턴을 바꿨다. 타자들을 상대로 맞춰 잡지 않고 삼진을 잡아내기 위해서 애쓰고 있지. 그러다 보니 자연스레 몸에 힘이 들어가면서 제구도 흔들리는 것이다."

경기 초반 노아 신더가드의 제구가 흔들리는 이유에 대한 이용운의 진단을 들은 박건이 더그아웃을 바라보았다.

'감독의 선택이 내 예상보다 경기에 많은 영향을 미치는구나.'

안정적인 수비를 펼치는 폴 바셋 대신 경기감각이 떨어져서 실책과 판단 미스를 자주 범했던 아사메드 로사리오를 유격수로 중용했던 미겔 카브레라 감독의 선택은 나비효과를 발생시켰다.

팀의 에이스인 노아 신더가드의 투구 패턴까지 변화시켰으니까.

'이제는 많이 배웠다고 생각했는데 아직 멀었구나.'

속으로 생각하던 박건이 이내 고개를 갸웃했다.

"오늘 경기에는 아사메드 로사리오가 아니라 폴 바셋이 유격수로 출전했는데요?"

"나도 알고 있다."

"노아 신더가드도 그걸 알고 있을 것 아닙니까?"

"이미 여러 차례 데여서 야수들에 대한 불신의 골이 깊어진 상태다. 지금 노아 신더가드는 폴 바셋도 못 믿고 다른 야수들도 믿지 못한다. 혼자 야구하고 있다는 표현이 어울리는 상태지."

'외롭겠구나.'

야수들의 도움을 받지 못할 때 투수는 외로움을 느낀다. 그리고 혼자서 모든 짐을 짊어지려고 하기 마련이었다.

그래서 노아 신더가드에게 안타까운 시선을 던지던 박건이 물었다.

"노아 신더가드를 도울 수 있는 방법은 없습니까?"

"후배 코가 석 자다. 그러니 오지랖 부릴 때가 아니다."

"⋯⋯?"

"이렇게 핀잔을 건네고 싶지만 지금은 노아 신더가드를 도와줄 필요가 있다. 노아 신더가드가 경기 초반에 무너지면서 대량 실점을 하면 후배에게도 악영향을 미치니까."

'왜 내게 악영향을 미친다는 거지?'

또 한 번 의구심이 깃들었지만, 박건은 이내 고개를 흔들었다.

지금은 노아 신더가드를 돕는 것이 급선무란 생각이 들었기 때문이었다.

"잘해라."

그때 이용운이 말했다.

"뭘 잘하란 말입니까?"

"수비."

"네?"

"실연의 상처는 새로운 사랑으로 극복하는 수밖에 없다."

'뜬금없이 웬 사랑 타령?'

박건이 황당한 표정을 지었을 때, 이용운이 말을 이었다.

"노아 신더가드도 마찬가지다. 야수들에 대한 불신의 골을 메울 수 있는 방법은 신뢰를 심어주는 방법밖에는 없다."

'참 현학적인 귀신이야.'

그동안 노아 신더가드는 수비 시에 야수들의 도움을 받지 못해 불신이 깊어졌다.

그 불신의 골을 메우기 위해서는 호수비를 펼쳐서 노아 신더가드를 도와주면서 다시 신뢰를 얻는 수밖에 없다.

이용운이 했던 말의 요지였다.

그렇지만 이 말을 하기 위해서 이용운은 실연과 새로운 사랑까지 언급했다.

'괜히 해설위원 출신 귀신이 아니구나.'

박건이 속으로 생각하며 고소를 머금었을 때였다.

"그런데 후배 혼자 잘해서는 의미 없다."

"……?"

"노아 신더가드의 신뢰를 다시 얻기 위해서는 모든 야수들이 잘해야 한다."

이용운이 말을 마쳤을 때, 노아 신더가드가 투구 동작에 돌입했다.

슈악.

'기다리지 않을까?'

노아 신더가드는 제구가 흔들리는 상황.

3볼 노 스트라이크의 볼카운트였기에 후안 소토가 공 하나 정도 기다리며 그냥 지켜볼 거란 박건의 예상은 빗나갔다.

따악.

후안 소토는 노아 신더가드가 스트라이크를 던지기 위해 구사한 슬라이더를 과감하게 공략했다.

'우전안타.'

배트 중심에 잘 맞은 후안 소토의 타구 궤적을 확인한 박건이 안타가 될 거라 판단했을 때였다.

타다닷.

우익수로 선발 출전한 피터 알론소는 끝까지 포기하지 않고 타구를 쫓으며 슬라이딩캐치를 시도했다.

'잡았다?'

피터 알론소가 아끼지 않고 몸을 던지며 쭉 뻗은 글러브 속으로 후안 소토의 타구가 빨려 들어갔다.

쐐애액.

노바운드로 타구를 처리하는 데 성공한 피터 알론소의 후속 동작은 빨랐다.

벌떡 일어나며 1루로 송구했다.

후안 소토의 타구가 안타가 될 거라 확신하고 일찌감치 스타트를 끊었던 1루 주자 브라이언 도우저가 깜짝 놀라며 급히 귀루했다.

'아웃?'

아슬아슬한 타이밍.

박건이 1루 주자 브라이언 도우저도 잡아내는 데 성공하지 않았을까 기대했지만, 1루심의 판정은 달랐다.

"세이프."

'비디오판독.'

박건이 비디오판독을 떠올렸지만, 미겔 카브레라 감독은 움직이지 않았다.

그때, 1루수 로빈슨 카노와 투수인 노아 신더가드가 동시에 더그아웃 쪽을 바라보며 비디오판독을 강하게 요청했다.

그제야 미겔 카브레라 감독이 마지못해 더그아웃을 빠져나오며 비디오판독을 요청했다.

"마치 뉴욕 메츠의 감독이 아니라 워싱턴 내셔널스 감독 같구나."

그런 미겔 카브레라 감독에게 이용운이 한심하다는 목소리로 핀잔을 건넸다.

박건 역시 그 의견에 수긍했다.

만약 투타에서 팀의 주축을 맡고 있는 선수들인 로빈슨 카노와 노아 신더가드가 더그아웃을 향해 비디오판독을 요청하지 않았다면, 아마 미겔 카브레라 감독은 비디오판독을 요청하지 않았으리란 생각이 들었기 때문이었다.

"세이프."

잠시 후 비디오판독 결과가 나왔다.

원심이 번복되지 않고 확정된 순간, 박건이 아쉬움을 느꼈다.

그러나 박건보다 더 큰 아쉬움을 표출한 것은 호수비를 펼쳤던 우익수 피터 알론소였다.

그런 그를 손으로 가리키며 노아 신더가드가 실점을 막아준 호수비에 대한 고마움을 드러냈다.

1사 1, 2루로 바뀐 상황에서 타석에는 워싱턴 내셔널스의 4번 타자 앤서니 론돈이 들어섰다. 그리고 앤서니 론돈을 상대로도 노아 신더가드는 유리한 볼카운트를 가져가지 못했다.

3볼 1스트라이크.

불리한 볼카운트에 몰린 노아 신더가드가 앤서니 론돈을 상대로 5구째 공을 던졌다.

슈아악.

포수는 바깥쪽 직구를 요구했지만, 노아 신더가드가 던진 공은 살짝 가운데로 몰렸다.

볼넷을 허용하는 것을 의식했기 때문이리라.

따악.

그리고 앤서니 론돈은 살짝 가운데로 몰린 직구를 노렸다는 듯 받아 쳤다.

'빠졌다.'

투 바운드를 일으킨 빠른 타구가 외야로 빠져나올 거라 판단한 박건이 재빨리 앞으로 전진했다.

'2루 주자가 홈으로 파고드는 것은 막는다.'

이런 각오를 드러내며 전진하던 박건이 이내 멈춰 섰다.

유격수 폴 바셋이 슬라이딩을 하면서 글러브를 쭉 뻗어서 타구가 외야로 빠져나오는 것을 막아낸 것이었다. 그리고 타구를 막아내는 데 성공한 폴 바셋은 1루로 송구하기 위해서 몸을 일으키는 대신 엎드린 채 3루로 송구했다.

툭. 툭.

힘이 실리지 않은 탓에 폴 바셋의 송구는 투 바운드를 일으켰고 송구의 방향도 좌측으로 치우쳤다.

3루수가 베이스에서 발을 떼지 않은 채 필사적으로 송구를 받아냈다.

"아웃."

팡. 팡.

3루수의 발이 베이스에서 떨어지지 않은 것을 확인한 3루심이 아웃을 선언한 순간, 박건이 부지불식간에 글러브를 주먹으로 때렸다.

절로 박수가 나올 정도로 훌륭한 호수비였기 때문이었다.

"톰 힉스 구단주가 그렸던 최상의 시나리오대로 흘러가고 있다."

그때 이용운이 말했다.

경기 초반부터 제구가 흔들리며 대량 실점 위기를 맞이한 노아 신더가드를 뉴욕 메츠 야수들이 돕고 있었다. 그리고 결정적인 호수비로 노아 신더가드를 돕고 있는 것이 잭 니퍼트 전 단장이 영입했던 폴 바셋과 피터 알론소였기에 이렇게 판단했으리라.

"이제 후배만 남았다."

이용운이 덧붙인 이야기를 들은 박건이 고개를 끄덕이며 각오를 다졌다.

노아 신더가드의 신뢰를 회복하기 위해서, 또, 톰 힉스 구단주가 마련한 쇼케이스 무대라는 기회를 살리기 위해서 박건이 더 집중했을 때였다.

슈악.

따악.

5번 타자 안톤 워커가 노아 신더가드의 초구를 공략했다.

'잘 쳤다.'

이번에는 노아 신더가드의 공이 가운데로 몰리지 않았다.

바깥쪽 낮은 코스의 스트라이크존에 걸치는 슬라이더의 제구는 완벽했음에도 안톤 워커가 잘 공략한 것이었다.

유격수의 키를 훌쩍 넘기며 외야로 향하는 타구를 처리하기 위해서 박건이 전진했다.

'기다리면… 늦다.'

2사 후였기에 2루 주자인 애덤 이톤은 일찌감치 스타트를 끊은 상황.

게다가 애덤 이톤은 발도 빨랐다.

안톤 워커의 타구가 바운드를 일으킨 후 안전하게 처리하려 하면 무조건 실점을 허용한다고 판단했기에 박건은 과감한 전진을 선택한 것이었다.

전진하는 속도를 늦추지 않은 채 박건이 글러브를 아래로 내렸다.

노바운드로 타구를 잡아내는 것은 애초에 불가능했던 상황.

툭.

안톤 워커의 타구가 그라운드에 떨어지고 막 튀어 오르는 순간, 박건이 글러브로 공을 낚아챘다.

쐐애액.

그리고 바로 홈으로 송구했다.

'커트하지 마라.'

유격수인 폴 바셋은 아사메드 로사리오와 달랐다.

포물선을 그리지 않고 거의 일직선으로 포수에게 향하는 박건의 송구를 커트하는 대신 그냥 지켜보았다.

쉬이익.

탁.

2루 주자 애덤 이튼이 헤드퍼스트슬라이딩을 감행했지만, 포수의 태그가 이뤄지는 것이 그의 손끝이 베이스에 닿는 것보다 훨씬 빨랐다.

"아웃."

주심이 아웃을 선언하면서 1회 초 워싱턴 내셔널스의 공격은 득점 없이 끝이 났다.

두 차례 호수비에 이어 박건의 보살까지 나오면서 1회 초를 실점하지 않고 넘긴 노아 신더가드가 글러브를 높이 들어 올리며 야수들에게 박수를 보냈다.

\*　　　　\*　　　　\*

2회 초 워싱턴 내셔널스의 공격.

1회 초 수비에서 제구 난조를 드러내며 어려움을 겪었던 노아 신더가드는 2회 초에는 마치 다른 투수처럼 달라져 있었다.

　공 다섯 개만 던지며 두 명의 타자를 내야땅볼로 손쉽게 잡아냈다.

　2사 주자 없는 상황에서 타석에는 8번 타자 로건 레너드가 들어섰다.

　슈아악.

　"스트라이크."

　슈아악.

　딱.

　로건 레너드를 상대로 노아 신더가드는 초구와 2구로 모두 직구를 던졌다.

　몸쪽 직구로 초구 스트라이크를 잡았고 바깥쪽 직구를 공략한 로건 레너드의 타구가 파울이 되면서 노 볼 2스트라이크의 유리한 볼카운트를 선점했다.

　'확실히 변했네.'

　1회 초의 노아 신더가드는 유인구 위주로 투구하면서 볼카운트가 불리하게 몰렸던 탓에 위기를 자초한 경향이 있었다.

　그 이유는 야수들을 믿지 못한 탓에 상대하는 타자들을 삼진으로 잡아내겠다는 강한 의욕이 독이 됐던 때문이었다.

　그러나 2회 초에 접어든 노아 신더가드의 투구 패턴은 백팔십도 달라졌다.

　유인구를 최소한으로 줄이며 타자들을 상대로 볼카운트를 유리하게 가져가면서 타자와의 승부에서 주도권을 손에 쥐었다.

슈아악.

딱.

로건 레너드와의 승부도 마찬가지였다.

노 볼 2스트라이크.

투수에게 유리한 볼카운트였지만 노아 신더가드는 유인구를 던지는 대신, 바로 승부를 가져갔다.

몸쪽 높은 코스의 스트라이크존으로 파고드는 직구에 로건 레너드가 배트를 참지 못하고 휘둘렀다.

그렇지만 타구는 멀리 뻗지 못했다.

높이 솟구친 타구를 처리하기 위해 박건이 천천히 전진해서 여유 있게 타구를 잡아냈다. 그리고 노아 신더가드가 2회 초 수비를 삼자범퇴로 가볍게 막아낸 순간, 이용운이 말했다.

"노아 신더가드의 투구 패턴이 바뀐 걸 보니 야수들에 대한 불신을 지웠구나. 오늘 경기는 투수전이 될 확률이 높다."

더그아웃으로 돌아오던 박건이 고개를 끄덕여 수긍했다.

노아 신더가드는 1회 초 수비에서 흔들리던 모습을 완전히 지우고 2회 초에 에이스 모드로 돌아왔다.

워싱턴 내셔널스의 선발투수인 멕스 슈어저 역시 1회 말 수비를 깔끔하게 삼자범퇴로 처리하면서 쾌조의 스타트를 끊은 상황.

이용운의 예측대로 투수전이 될 가능성이 높았다.

"한 구종만 노리자."

그때, 이용운이 다시 말했다.

"왜 하나의 구종만 노리자는 겁니까?"

"구종 예측이 계속 빗나가니까."

이용운이 덧붙였다.

"이 공 저 공 다 노리다가는 오히려 안타를 때려낼 확률이 더 낮아질 가능성이 높다. 그러니까 하나의 구종만 노리는 편이 더 유리할 수도 있다."

제9장

직구, 슬라이더, 체인지업, 커브.

멕스 슈어저는 포 피치 유형의 투수였다.

만약 하나의 구종만 노리고 타석에 들어선다면 산술적으로 안타를 때려낼 확률은 25%였다.

높은 확률은 아니었지만, 이용운이 박건에게 타석에서 하나의 구종만 노리라고 조언한 데는 두 가지 이유가 있었다.

우선 구종 예측에 성공할 확률이 낮았기 때문이었다.

또 하나의 이유는 박건이 처한 상황이었다.

지난 세 경기에서 박건의 활약은 무척 빼어났다.

특히 어제 경기에서 리그 최정상급 투수인 스티븐 스트라스버그 공략에 성공했던 것은 박건에 대한 그동안의 평가를 바꿀 수 있는 훌륭한 활약이었다.

이제 박건에게 남은 것은 스티븐 스트라스버그를 상대로 빼어난 활약을 펼쳤던 것이 우연이 아니었다는 것을 증명하는 것뿐이었다.

오늘 경기에서 상대하고 있는 멕스 슈어저 역시 리그 최정상급 투수.

멕스 슈어저를 상대로 4타수 1안타 정도만 기록해도 우연이 아니었다는 것을 증명하기에 충분하다고 이용운은 판단을 내렸던 것이었다.

포 피치 유형인 멕스 슈어저의 구종을 하나만 노릴 경우, 타석에서 안타를 때려낼 수 있는 산술적인 확률이 25%였으니, 4차례 타석에 들어서면 안타 하나 정도는 빼앗아낼 수 있다.

이런 계산을 염두에 둔 조언이었다.

물론 여기서 끝이 아니었다.

멕스 슈어저가 포 피치 유형의 투수라고 해서 경기 중에 네 가지 구종의 공을 똑같은 비율로 던지지는 않았다.

가장 많이 구사하는 구종이 따로 있었다.

'직구.'

이용운이 조사한 바에 따르면 멕스 슈어저가 가장 많이 던지는 구종은 직구였다.

멕스 슈어저는 직구 50%, 슬라이더 30%, 체인지업 10%, 커브 10% 정도의 구종 구사 비율을 보였다.

"직구를 노리자."

이용운이 구종에 대한 조언을 마친 순간, 박건이 가볍게 고개를 끄덕이며 타석에 들어섰다.

슈악.

멕스 슈어저가 2회 말의 선두타자인 박건을 상대로 초구를 던졌다.

"스트라이크."

그가 초구로 던진 공은 바깥쪽 슬라이더.

직구를 노리고 있던 박건은 그냥 지켜보기만 했다.

그리고 2구째.

슈악.

멕스 슈어저는 바깥쪽 체인지업을 던졌다.

부웅.

박건이 힘껏 휘두른 배트는 허공을 갈랐다.

"왜 배트를 휘둘렀어?"

그 모습을 지켜본 후 이용운이 못마땅한 기색으로 물었다.

타석에서 직구 하나만 노리겠다고 약속했던 박건이었지만, 체인지업에 배트를 휘둘렀기 때문이었다.

"속았습니다."

"……?"

"직구인 줄 알았습니다."

박건이 변명을 꺼내는 것을 들은 이용운이 더 타박하는 대신 칭찬했다.

"잘했다."

"네?"

"헛스윙을 잘했다고."

"……?"

"헛스윙 덕분에 후배가 타석에서 무척 적극적이라는 사실을 알게 된 멕스 슈어저는 빠르게 승부를 가져갈 확률이 높아졌다. 내 짐작이 틀리지 않다면 몸쪽 높은 코스의 직구가 들어올 확률이 높다. 만약 내 예측대로 몸쪽 높은 코스의 직구가 들어온다면 절대 놓치지 마라."

박건에게서 바로 대답이 돌아오지 않는다는 사실을 알아챈 이용운이 다시 물었다.

"왜 대답이 없어?"

"선배님을 믿어도 될지 확신이 안 서서요."

"이번 한 번만 믿어봐라."

"하지만……."

"한 번 믿어보라니까."

이용운이 재차 강조한 순간, 멕스 슈어저가 투구 동작에 돌입했다.

슈아악.

잠시 후, 그의 손에서 떠난 공이 오른손타자인 박건의 몸쪽으로 파고들었다. 그리고 이용운의 조언을 듣고 몸쪽 직구를 기다리고 있었던 박건은 힘껏 배트를 휘둘렀다.

따악.

높이 솟구친 타구가 외야로 향했다.

워싱턴 내셔널스의 좌익수인 로건 레너드는 타구의 궤적을 확인한 후 타구를 쫓는 것을 포기했다.

'파울이냐? 홈런이냐?'

이제 남은 것은 박건의 타구가 폴대 안쪽으로 들어가며 홈런이 되는지 아니면 바깥쪽으로 나가 파울이 되는지 지켜보는 것뿐이었다.

'파울인가?'

타구의 궤적에서 시선을 떼지 못하던 이용운이 두 눈을 빛냈다.

폴대를 벗어날 것 같았던 타구가 극적으로 폴대를 맞혔기 때문이었다.

'운이 좋았다. 아니, 운도 따랐다.'

박건의 타구가 홈런이 되는 과정을 지켜보던 이용운의 입가로 미소가 번졌다.

'일단… 목표는 초과 달성했다.'

*　　　*　　　*

"어… 어……."

벌떡 일어선 채 높이 솟구친 박건의 타구를 지켜보던 송이현이 잠시 후, 의자에 털썩 주저앉았다.

제임스 윤이 폴대를 맞추고 그라운드에 떨어지는 박건의 타구에서 시선을 떼지 못하고 있을 때였다.

"안 돼."

송이현이 안타까운 표정으로 혼잣말을 꺼냈다.

그 혼잣말을 들은 제임스 윤이 웃으며 말했다.

"캡틴은 거짓말을 했었네요."

"내가 뭘요?"

"일전에 캡틴이 했던 대답과는 반응이 다르니까요."

"……?"

"기억 안 나십니까? 박선 선수가 선전을 펼치길 바라느냐? 아니면 박건 선수가 부진한 모습을 보이길 바라느냐? 이렇게 질문했을 때 캡틴은 이렇게 대답했습니다. 나는 박건 선수를 좋아한다. 박건 선수가 어렵사리 잡은 기회에서 좋은 활약을 펼치길 바란다. 그런데 지금 캡틴이 보여주는 반응은 그 대답과 많이 다르지 않습니까?"

박건은 리그 최정상급 투수인 멕스 슈어저를 상대로 첫 타석부터 솔로홈런을 터뜨렸다.

그렇지만 박건이 선전을 펼치길 바란다는 대답을 했던 송이현은 환호하며 기뻐하는 대신 탄식성을 내뱉었다.

제임스 윤이 그 부분을 지적하자, 송이현이 달아오른 얼굴로 고백했다.

"그동안 쿨한 척했지만 난 쿨한 여자는 아니었나 봐요. 박건 선수를 청우 로열스로 재영입하는 게 어려워질 수 있다는 생각이 드니까 나도 모르게 본심이 드러나 버렸어요."

송이현이 한숨을 내쉬며 덧붙였다.

"아무래도 괜한 헛걸음을 한 것 같네요."

그녀가 미국으로 찾아온 이유는 박건을 청우 로열스로 재영입하기 위함이었다.

그런데 메이저리그 데뷔 후 줄곧 부진하던 박건이 갑자기 맹활약을 펼치기 시작한 탓에 그를 청우 로열스로 재영입하는 것이 어려워진 상황.

해서 송이현은 헛걸음을 했다고 표현한 것이었다.

그러나 제임스 윤은 고개를 흔들었다.

"캡틴이 헛걸음을 한 건 아닙니다."

그 대답을 들은 송이현이 두 눈을 빛냈다.

"박건 선수를 청우 로열스로 재영입할 수 있는 가능성이 여전히 남아 있다는 뜻인가요?"

"그렇습니다. KBO 리그에 비해 메이저리그의 트레이드가 활발히 이뤄지는 편이긴 하지만, 트레이드가 성사되는 과정은 쉽지 않습니다. 게다가 뉴욕 메츠 톰 힉스 구단주는 계산이 철저한 편입니다. 손해 보는 장사는 절대 하지 않으려 할 테니 쉽게 트레이드가 성사되지 않을 확률이 높습니다."

사촌이 땅을 사도 배가 아픈 것이 인간의 본성.

이것이 트레이드가 어려운 이유였다.

박건 케이스도 마찬가지였다.

오늘 경기까지 포함해서 지난 네 경기 동안, 박건은 그동안의 부진이 믿기지 않을 정도로 맹활약을 펼쳤다.

그렇지만 고작 네 경기일 뿐이었다.

타 구단에서 박건을 영입하겠다는 확신을 갖기에는 경기 수가 부족했다.

그리고 만약 타 구단에서 박건을 영입하겠다는 결심을 굳히고 접촉한다고 해도 팀의 주축 선수를 트레이드 카드로 활용할 가능성은 낮았다.

결국 톰 힉스 구단주의 마음을 움직이기 위해서 최선은 현금 트레이드였지만, 최소 100만 달러 이상의 현금 트레이드 제안을 할 구단이 있을지 여부도 미지수였다.

이것이 제임스 윤이 박건의 트레이드가 쉽게 성사되지 않을 거라고 판단한 근거들.

그럼에도 불구하고 송이현의 표정이 밝아지지 않은 것을 확인한 제임스 윤이 다시 입을 뗐다.

"설령 박건 선수를 재영입하는 데 실패한다 하더라도 캡틴의 미국행은 헛걸음이 아닙니다."

"왜죠?"

"박건 선수에게 마음의 빚을 지게 만들었으니까요."

"……?"

"만약 캡틴이 미국으로 찾아와서 톰 힉스 구단주를 만나지 않았다면, 박건 선수는 계속 출전 기회를 잡지 못했을 겁니다. 그럼 지금처럼 반등의 기회조차 만들지 못했을 테고요. 일전에도 한 번 말씀드렸지만, 박건 선수는 무척 영리한 선수입니다. 캡틴이 미국으로 건너와서 톰 힉스 구단주를 만난 덕분에 경기 출전 기회를 잡았다는 사실을 이미 알고 있을 겁니다. 그러니 박건 선수에게 마음의 빚을 지운 셈이죠."

"지금이 아니더라도 언젠가는 꼭 청우 로열스로 돌아올 것이다?"

"맞습니다."

비로소 송이현의 표정이 조금 밝아진 것을 확인한 제임스 윤이 희미한 미소를 머금었을 때였다.

"아직 희망의 끈을 완전히 놓아버리기에는 이른 거죠?"

"네?"

"트레이드는 그리 쉽게 성사되는 것이 아니라고 아까 제임스가 말했잖아요."

"현재로서는 50% 미만입니다."

"박건 선수가 멕스 슈어저를 상대로 첫 타석에서 솔로홈런을 터뜨렸음에도 불구하고 트레이드가 성사될 확률이 50% 미만이다?"

"그렇습니다."

송이현의 표정이 더욱 밝아진 순간, 제임스 윤이 덧붙였다.

"그렇지만 확률은 언제든지 바뀔 수 있죠. 박건 선수가 남은 타석에서 멕스 슈어저를 상대로 안타를 더 뺏어낸다면 트레이드 성사 확률은 높아질 겁니다."

*      *      *

1—0.

전문가들의 예상대로 팽팽한 투수전이 펼쳐지는 가운데 경기는 4회 말로 접어들었다.

대기타석에 서 있던 박건이 무표정한 얼굴로 투구를 이어나가는 멕스 슈어저를 바라보았다.

박건에게 허용했던 불의의 솔로홈런이 자극제가 된 걸까.

멕스 슈어저는 그 후로 일곱 타자를 모두 범타로 처리했다.

슈아악.

부우웅.

그리고 3번 타자 미구엘 콘포토마저 삼진으로 돌려세우면서 멕스 슈어저는 여덟 타자 연속 범타 행진을 이어나갔다.

2사 주자 없는 상황에서 박건이 오늘 경기 두 번째 타석을 맞이했다.

슈악.

멕스 슈어저의 초구는 커브였다.

"스트라이크."

낙차 큰 커브가 홈플레이트를 통과하는 것을 박건이 그대로 지켜보았다.

그리고 2구째.

멕스 슈어저가 선택한 구종은 직구였다.

슈아악.

'몸쪽 높은 코스의 직구!'

멕스 슈어저의 손에서 공이 떠난 순간 박건이 두 눈을 빛냈다.

첫 타석에서 홈런을 때려냈던 직구와 거의 흡사한 코스로 파고들었기 때문이었다.

'이번에도… 넘긴다.'

오늘 경기에서 멕스 슈어저의 직구만 노리기로 작정한 상황.

박건이 망설이지 않고 힘껏 배트를 휘둘렀다.

부우웅.

그러나 첫 타석 때와는 달랐다.

박건의 배트는 허공을 갈랐다.

"어?"

배트에 공이 맞지 않은 것을 알아챈 박건이 당황했을 때였다.

"운이 좋았다."

이용운이 말했다.

'배트에 공이 맞지 않았는데 운이 좋았다고?'

방금 이용운이 한 말이 이해가 가지 않아서 박건이 고개를 갸웃할 때, 그가 덧붙였다.

"첫 타석 때 말이다."

"……?"

"멕스 슈어저의 직구가 실투였다는 뜻이다."

"네?"

"덜 꺾였거든."

투심 패스트볼을 구사하는 멕스 슈어저의 직구가 위력적이라고 평가받는 이유는 볼끝의 움직임이 워낙 좋기 때문이었다.

'내가 잘 친 게 아니라… 실투였다?'

박건이 반박하지 못하고 수긍했다.

이미 박건은 한 차례 멕스 슈어저를 상대했던 경험이 있었다.

당시 멕스 슈어저는 경기가 끝난 후 투심 패스트볼이 마음먹은 대로 제구가 되지 않았다는 고백(?)을 했었다.

투심 패스트볼이 좋으로 떨어지지 않아서 포심 패스트볼처럼 들어갔다는 고백 아닌 고백(?)이었다.

이번도 마찬가지였다.

첫 타석에서 박건이 멕스 슈어저의 몸쪽 직구를 받아 쳐서 홈런을 때려낼 수 있었던 것은 이용운의 말처럼 투심 패스트볼이 제대로 꺾이지 않으며 포심 패스트볼처럼 들어왔기 때문이었다.

그래서 운이 좋았다고 표현했던 것이었고.

'제대로 꺾이는 투심 패스트볼은 결코 공략이 쉽지 않다.'

박건이 신중한 표정으로 타석에 들어섰다. 그리고 멕스 슈어저가 던지는 투심 패스트볼의 궤적을 머릿속으로 그리고 있을 때였다.

슈악.

멕스 슈어저의 손에서 공이 떠났다.

'직구가… 아니다?'

커브임을 알아챈 박건이 커트해 내기 위해서 배트를 휘둘렀다.

부웅.

그러나 커트에 실패하며 박건은 헛스윙 삼진으로 물러났다.

'당했다?'

박건이 쓴웃음을 머금었다.

타석에서 직구 하나만 노리는 공략법의 약점.

불리한 볼카운트에서 결정구로 변화구가 들어오면 전혀 대처가 안 된다는 점이었다.

"어쩔 수 없다."

이용운의 위로를 들으며 더그아웃으로 돌아오던 박건이 도중에 멈춰 서서 관중석 쪽을 살폈다.

삼진을 당하고 타석에서 물러났음에도 불구하고, 관중들의 야유성이 들리지 않는다는 사실을 뒤늦게 알아챘기 때문이었다.

\*　　　\*　　　\*

7회 초 워싱턴 내셔널스의 공격.

뉴욕 메츠의 마운드는 여전히 노아 신더가드가 지키고 있었다.

1회 초에 제구에 어려움을 겪던 노아 신더가드는 맞춰 잡는 방식으로 투구 패턴을 바꾸며 완벽하게 부활했다.

삼진 여섯 개를 곁들이면서 워싱턴 내셔널스의 타선을 무실점으로 막아냈다.

투구수가 90개에 가까워진 7회 초 수비에서도 노아 신더가드는 여전히 완벽한 피칭을 선보였다.

슈악.

딱.

8번 타자 로건 레너드를 3구 만에 내야땅볼로 처리하며 손쉽게 두 개의 아웃카운트를 잡아냈다.

"멕스 슈어저가… 타석에 들어서네요."

멕스 슈어저의 투구수는 90개를 넘어선 상황.

양 팀의 점수 차는 단 1점에 불과했다.

그래서 워싱턴 내셔널스의 데이브 마르티네즈 감독이 투수 타석에 대타자를 기용할 것이란 박건의 예상이 빗나간 셈이었다.

"멕스 슈어저는 승부욕이 강하거든."

이용운이 이유를 알려주었다.

"노아 신더가드가 7회 초에도 마운드를 지키고 있는데 먼저 마운드를 떠나고 싶지는 않았을 것이다."

"그렇군요."

"워싱턴 내셔널스의 데이브 마르티네즈 감독은 선수의 의견을 존중하는 편이다. 팀의 에이스인 멕스 슈어저의 의견을 존중해서 타석에 내보냈을 가능성이 높지."

"하지만… 그게 팀을 위해서 좋은 결정은 아닌 것 같습니다."

투수보다 야수의 타격 실력이 더 뛰어난 것은 부인할 수 없는 사실이었다.

멕스 슈어저가 투수치고는 타격 실력이 뛰어나다고 해도 그의 통산 타율은 1할대 초반에 불과했다.

해서 멕스 슈어저의 고집이 팀에 득이 아니라 실이 된다고 박건이 판단했을 때였다.

"아직 모르지."

"네?"

"결과는 아무도 모른다는 것이다."

박건이 고개를 갸웃했을 때였다.

슈악.

따악.

멕스 슈어저가 노아 신더가드의 초구를 공략했다.

경쾌한 타격음과 함께 멕스 슈어저의 타구는 우중간으로 날아갔다.

피터 알론소가 열심히 쫓아가서 바운드를 일으키며 굴러가는 타구를 역동작으로 잡아냈다. 그리고 1루를 통과한 후 잠시 멈칫거렸다가 전력 질주를 펼쳐서 2루로 내달리는 멕스 슈어저를 확인하고 재빨리 2루로 송구했다.

아슬아슬한 타이밍.

"세이프."

그러나 주심은 슬라이딩을 시도한 멕스 슈어저의 오른발이 베이스에 닿은 것이 태그보다 빨랐다고 판단해서 세이프를 선언했다.

2루에서 펼쳐진 승부를 지켜보던 박건이 혀를 내둘렀다.

피터 알론소가 빠르게 스타트를 끊으면서 타구를 포구했기 때문에 2루까지 달리는 것은 무리수처럼 보였다.

게다가 멕스 슈어저는 야수가 아니라 투수였다.

해서 박건은 멕스 슈어저가 1루에서 멈출 거라 예상했는데.

그 예상은 이번에도 빗나갔다.

멕스 슈어저는 전력 질주를 해서 2루를 노렸고, 아웃을 당하지 않기 위해서 슬라이딩까지 감행했다.

"확실히 승부욕이 강해."

박건이 가쁜 숨을 몰아쉬는 멕스 슈어저를 바라보고 있을 때, 이용운이 덧붙였다.

"그리고 멕스 슈어저의 승부욕이 강한 것이 후배에게는 다행이다."

                    *           *           *

슈악.

딱.

애덤 이톤의 타구는 멀리 뻗지 못했다.

중견수 제프 맥나일이 여유 있게 포구에 성공하며 7회 초 워싱턴 내셔널스의 공격은 득점 없이 끝이 났다.

멕스 슈어저가 슬라이딩까지 시도하며 만들어낸 2루타도 소용이 없어진 셈이었다.

7회 말 뉴욕 메츠의 공격은 4번 타자 박건부터 시작이었다.

수비를 마치고 더그아웃으로 돌아와 타석에 들어설 준비를 하던 박건의 머릿속은 복잡했다.

멕스 슈어저의 직구 하나만 노리기로 작정한 상황.

그러나 막상 직구가 들어왔을 때도 제대로 공략하기 어려웠다.

더구나 멕스 슈어저가 박건을 상대로 아예 직구를 던지지 않을 가능성도 존재했다.

'그럼 어떻게 대처하지?'


"목표는 이미 달성했다."


물론 이용운은 박건이 첫 타석에서 멕스 슈어저를 상대로 홈런을 때려냈을 때, 오늘 경기 목표는 이미 달성했다고 말했다.

그렇지만 안주하고 싶지 않았다.

멕스 슈어저를 상대로 안타 하나를 더 빼앗아내고 싶었다.

그때였다.

"후배에게 계속 운이 따르는구나."

이용운이 불쑥 말했다.

"무슨 운이 따른다는 겁니까?"

"멕스 슈어저가 지난 타석에서 안타를 때려냈으니까."

"……?"

"그리고 7회 말 공격의 선두타자가 후배이니까."

이용운이 부연했다.

그럼에도 불구하고 박건은 제대로 말뜻을 이해하기 어려웠다.

"좀 알아들을 수 있게 설명해 주시면 안 됩니까?"

"나중에."

"네?"

"일단은 타석에 들어서는 것이 우선이니까."

"하지만……."

"지금은 서두르는 게 유리하거든."

'대체 왜 유리하다는 거지?'

박건이 의문을 품은 채로 일단 타석에 들어섰을 때였다.

7회 초 공격에서 전력 질주를 한 여파가 남아서일까.

마운드에 서 있는 멕스 슈어저의 호흡은 가빠져 있었다.

박건이 그런 멕스 슈어저를 응시하고 있을 때, 이용운이 말했다.

"전략을 수정하자."

"직구만 노리는 전략을 수정하자는 말씀이십니까?"

"그래."

"그럼 어떤 구종을 노릴까요?"

"실투."

"네?"

"멕스 슈어저가 이번에 던지는 공의 구종까지는 모른다. 그렇지만 가운데로 몰릴 가능성이 높다."

"그렇게 확신하시는 근거가 있습니까?"

"분석의 힘이다."

"분석의… 힘이요?"

"날 한번 믿어보거라."

'진짜 믿어도 돼?'

박건이 고민하다가 이용운을 믿기로 결심했다.

어차피 멕스 슈어저를 상대할 마땅한 방법을 떠올리지 못했던 상황이었기 때문이었다.

마운드에서 가빠진 호흡을 가다듬던 멕스 슈어저가 투구 동작에 돌입했다.

슈악.

그의 손을 떠난 공을 확인한 박건이 두 눈을 빛냈다.

'슬라이더.'

멕스 슈어저가 오늘 경기에서 구사했던 슬라이더는 위력적이었다.

스트라이크존 구석으로 완벽하게 제구가 됐고, 휘어지는 각도도 날카로웠기 때문이었다.

그러나 이번에 던진 슬라이더는 달랐다.

일단 가운데로 몰렸다. 그리고 휘어지는 각도도 밋밋했다.

따악.

이용운의 지시대로 초구를 잔뜩 노리고 있던 박건이 힘껏 배트를 휘둘렀다.

배트 중심에 제대로 걸린 타구가 좌중간으로 날아갔다.

워싱턴 내셔널스의 중견수와 좌익수가 펜스플레이를 대비했지만, 박건의 타구는 펜스를 살짝 넘겼다.

　'넘어갔다.'

　박건은 홈런이 된 것을 확인하고 난 후에야 달리던 속도를 늦췄다.

　오늘 경기에서만 두 개째 홈런.

　그것도 무려 리그 최정상급 투수인 멕스 슈어저를 상대로 두 개의 홈런을 빼앗아낸 것이었다.

　박건이 그라운드를 돌아 더그아웃으로 돌아올 때였다.

　와아.

　와아아.

　뉴욕 메츠 홈 팬들이 박건에게 야유 대신 환호를 보내기 시작했다.

*　　　　　*　　　　　*

　최종 스코어 2-1.

　뉴욕 메츠는 4연승을 내달렸다.

　그러나 4연승을 거두는 과정은 순탄치 않았다.

　노아 신더가드의 뒤를 이어 8회 초에 마운드에 오른 케일러 퍼거슨이 연속안타를 허용하면서 1사 1, 3루의 실점 위기를 허용했기 때문이었다.

　세 번째 투수 릭 콘솔로가 희생플라이를 허용해 실점한 후에도 위기는 끝나지 않았다.

다시 안타를 허용하며 2사 1, 2루의 실점 위기에 재차 몰렸기 때문이었다.

결국 8회 초 2사 상황에서 마무리투수인 제이슨 윌슨까지 올라온 덕분에 뉴욕 메츠는 간신히 한 점 차의 리드를 지키며 신승을 거두었다.

"목표를 초과 달성했어."

4타수 2안타, 2홈런.

마지막 네 번째 타석에서 배트 중심에 잘 맞은 타구가 유격수 정면으로 향해서 라인드라이브 아웃이 된 것이 아쉬웠지만, 박건은 오늘 경기에서 멕스 슈어저를 상대로 홈런 두 개를 때려냈다.

목표를 초과 달성한 셈이었다. 그리고 멕스 슈어저를 상대로 홈런 두 개를 빼앗아낸 것보다 더 기분이 좋았던 것은 미겔 카브레라 감독의 표정을 잔뜩 일그러지게 만든 것이었다.

예상과 빗나간 박건의 맹활약으로 인해 미겔 카브레라 감독은 경기 내내 딱딱하게 표정이 굳어 있었다.

미겔 카브레라 감독만이 아니었다.

포지션 경쟁자인 페테르 알론조 역시 표정이 심각한 것은 마찬가지였다.

그 기억을 떠올리며 희미한 미소를 머금었던 박건이 입을 뗐다.

"어떻게 멕스 슈어저가 실투를 던질 것을 아셨습니까?"

오늘 경기 세 번째 타석에서 박건은 멕스 슈어저를 상대로 두 번째 솔로홈런을 빼앗아냈다. 그리고 박건이 홈런을 때려낼 수 있었던 데는 실투가 들어올 거라는 이용운의 예측이 적중했던 것이 컸다.

"분석의 힘이라고 말했잖아."

이용운에게서 대답이 돌아왔다.

"멕스 슈어저는 스티븐 스트라스버그와 달리 천적이 없었다. 즉, 특정 구종을 던질 때 부지불식간에 나오는 투구 습관이 없다는 뜻이지. 그렇지만 멕스 슈어저의 투구 영상을 분석하다 보니, 간혹 가운데로 몰리는 실투가 나오는 경우가 있었다. 실투가 나오는 경우의 공통점을 찾다 보니, 멕스 슈어저가 타석에 들어선 다음 이닝이라는 공통점을 발견할 수 있었다. 물론 모두 비슷한 케이스는 아니었다. 주로 멕스 슈어저가 타석에서 안타를 때리고 전력 질주를 한 후에 실투가 나왔다."

"왜……?"

"멕스 슈어저의 승부욕 때문일 것이다."

"……?"

"후배도 오늘 경기 중에 직접 봤잖아? 멕스 슈어저가 전력 질주를 펼친 걸로 모자라 부상 위험을 아랑곳하지 않고 슬라이딩까지 감행하는 모습을."

박건이 고개를 끄덕여 수긍했다.

오늘 경기 도중에 나왔던 멕스 슈어저의 주루플레이.

무모하다고 표현해도 과하지 않을 정도였다. 그리고 전력 질주를 한 후 바로 마운드에 오른 멕스 슈어저는 가쁜 숨을 몰아쉬고 있었다.

타자로 타석에 들어서는 것, 그리고 주자로 주루플레이를 하는 것.

투수에게 영향을 끼칠 수밖에 없었다.

그 전력 질주가 멕스 슈어저에게 영향을 끼쳤기 때문에 다음 이닝에 투구를 할 때 실투가 나왔던 셈이었다.

"그래서… 운이 계속 따른다고 말씀하셨군요."

"멕스 슈어저가 안타를 때리고 전력 질주를 펼친 다음 이닝에 후배가 선두타자로 나섰다. 내 분석 결과가 틀리지 않다면 가운 데로 몰리는 실투가 나올 확률이 가장 높은 순간에 후배가 타석에 들어섰던 거지. 그래서 후배에게 운이 계속 따른다고 표현했던 것이다."

비로소 당시에 이용운이 운이 좋다는 말을 했던 이유를 알게 된 박건이 새삼스런 표정을 지었다.

멕스 슈어저의 보직은 투수.

투수들 중에는 타격 능력이 뛰어난 편에 속한다고 해도 타율은 1할대 중반에 한참 미치지 못했다.

게다가 멕스 슈어저는 타석에 들어서는 횟수도 많지 않았다.

그러니 타석에 들어서서 안타를 때리고 전력 질주를 한 다음 이닝에 실투가 나온다는 공통점을 찾는 것.

결코 쉬운 일이 아님에도 불구하고 이용운이 기어이 공통점을 찾아낸 것에 대해 감탄한 것이었다.

그때, 이용운이 우려 섞인 목소리를 꺼냈다.

"아직 안심하기는 이르다."

"네?"

"지난 네 경기에서 후배는 기대 이상으로 훌륭한 활약을 펼쳤다. 그런데도 여전히 불안하다."

박건의 표정이 씁쓸하게 바뀌었다.

톰 힉스 구단주가 마련해 준 쇼케이스 무대도 어느덧 끝을 향해 달려가고 있었다.

박건으로서는 마지막일지도 모를 기회를 놓치지 않기 위해서 최선을 다했지만, 어떤 결과가 나올지는 장담하기 어려웠다.

박건이 좋은 활약을 펼친 것이 고작 네 경기에 불과했기 때문이었다.

그 네 경기의 활약만으로 메이저리그 타 구단이 자신에 대한 확신을 갖고 영입 작업에 착수할지 여부는 미지수였다.

그때였다.

"그 친구 번호 땄지?"

이용운이 불쑥 물었다.

"누굴 말씀하시는 겁니까?"

박건의 질문에 이용운이 대답했다.

"빌 머레이."

＊　　　　＊　　　　＊

'빌 머레이가… 누구더라?'

박건이 기억을 더듬었다. 그리고 빌 머레이의 이름을 떠올리는 데는 오랜 시간이 걸리지 않았다.

박건이 알고 있는 외국인이 많지 않은 데다가, 연락처까지 알고 있을 정도로 친분이 있는 외국인은 더 적었기 때문이었다.

방금 이용운이 언급한 빌 머레이는 일전에 제임스 윤과 함께 만났던 필라델피아 필리스의 스카우터였다. 그리고 박건은 당시에 빌 머레이와 번호를 교환했었다.

"번호는 저장해 뒀는데… 갑자기 그건 왜 물으십니까?"

"전화해서 오늘 만나자고 해."

"네?"

"번호 저장해 뒀다면서?"

"갑자기 왜요?"

"물어볼 게 있어서 그래."

이용운이 용건을 밝혔다.

그러나 박건은 바로 휴대전화를 꺼내서 빌 머레이의 연락처를 검색하지 않고 다시 질문을 던졌다.

"빌 머레이를 오늘 어떻게 만납니까?"

빌 머레이는 필라델피아 필리스 구단의 스카우터.

그가 뉴욕에 머물고 있을 가능성이 낮다는 생각이 들어서 박건이 질문했지만, 이용운은 확신에 찬 목소리로 대답했다.

"그는 뉴욕에 머물고 있다."

"하지만……."

"못 믿겠으면 전화해서 확인해 봐."

박건이 못 이긴 척 휴대전화를 꺼낸 후, 빌 머레이의 연락처를 검색해서 통화 버튼을 눌렀다.

뚜루루루. 뚜루루루.

신호음이 두 번 울린 후, 빌 머레이가 전화를 받았다.

"박건 선수, 오랜만입니다."

반가운 목소리로 빌 머레이가 인사했다.

"그동안 잘 지내셨습니까?"

"전 잘 지냈습니다. 그리고 박건 선수에게는 같은 질문을 던지지 않겠습니다. 요즘 잘 지낸다는 것을 알고 있으니까요."

빌 머레이가 웃으며 덧붙였다.

"그런데 무슨 일로 제게 전화하셨습니까?"

"한번 만나고 싶어서요."

"저를요?"

"지금 어디에 계십니까?"

"뉴욕입니다."

'진짜… 뉴욕이네.'

이용운의 예측은 이번에도 적중했다.

'구종 예측 빼고는 전부 다 맞히네.'

퍼뜩 그런 생각이 들어서 박건이 고소를 머금었을 때였다.

"내 말이 맞았지? 얼른 약속부터 잡아."

이용운이 재촉하는 것을 들은 박건이 물었다.

"대체 왜 빌 머레이를 만나려는 겁니까?"

"현재로서는 가장 확실한 정보통이거든."

"빌 머레이가 확실한 정보통이다?"

"후배의 트레이드가 얼마나 진척됐는지 확인할 적임자이기도 하지."

이용운이 덧붙인 이야기를 들은 박건이 휴대전화를 움켜쥔 손에 힘을 더했다.

'진인사대천명(盡人事待天命).'

사람이 할 수 있는 일을 다 하고서 하늘의 뜻을 기다린다는 뜻의 고사성어였다.

송이현 단장의 방문을 시발점으로 톰 힉스 구단주가 마련해 준 쇼케이스 무대에서 내가 할 수 있는 최선을 다하자. 그리고 트레이드 성사 여부는 최선을 다하고 난 후 하늘에 맡기자.

그동안 트레이드에 대해서 박건이 갖고 있었던 생각이었다.

그리고 박건은 나름 최선을 다했다고 자부하며 안주했다.

그러나 이용운은 달랐다.

사람으로서 더 할 수 있는 것을 찾기 위해서 빌 머레이를 만나려 하고 있었다.

'나는 과연… 최선을 다했는가?'

박건이 속으로 자문하면서 빌 머레이에게 물었다.

"마침 잘됐네요. 오늘 좀 만날 수 있을까요?"

*        *        *

〈4연승을 달린 뉴욕 메츠, 지구 3위로 올라서다.〉

〈저력을 드러내기 시작한 뉴욕 메츠, 동부 지구 순위 판도를 뒤흔들다.〉

〈거함 멕스 슈어저를 침몰시킨 뉴욕 메츠의 새로운 4번 타자 박건.〉

〈미겔 카브레라 감독의 용병술, 뉴욕 메츠의 연승을 이끌다.〉

뉴욕 메츠가 파죽의 4연승을 달리며 내셔널리그 동부 지구 3위로 올라서자, 관련 기사들이 쏟아져 나왔다.

그 기사들의 제목을 살피던 톰 힉스의 입가로 미소가 번졌다.

박건, 브라이언 마일스, 폴 바셋, 피터 알론소.

잭 니퍼트 전 단장이 영입했던 선수들의 트레이드를 위해서 마련한 쇼케이스 무대가 성공적으로 진행되고 있었기 때문이었다.

브라이언 마일스는 높은 출루율과 빠른 발을 이용한 주루플레이로 리드오프로서 경쟁력이 있다는 것을 증명했다.

폴 바셋과 피터 알론소는 잇따라 호수비를 펼치면서 본인들의 장점을 피력했다.

그러나 가장 압권은 박건이었다.


"잭 니퍼트 전 단장은 대체 왜 박건이란 형편없는 선수를 영입한 거야?"

채 오 푼에도 미치지 못했던 박건의 타격 성적은 한심할 지경이었다.

그로 인해 톰 힉스는 잭 니퍼트 전 단장이 371만 달러라는 거금을 투자해서 박건을 영입한 결정에 의구심을 품었었는데.

지금은 생각이 바뀌었다.

371만 달러라는 거금을 투자해서 박건을 영입할 가치가 있었느냐?

이 질문에 대한 확신은 여전히 없었지만, 박건이 형편없는 선수는 아니라는 결론을 내린 것이었다.

잠시 후, 톰 힉스가 슬쩍 눈살을 찌푸리며 입을 뗐다.

"뉴욕 메츠가 연승을 달리는 것은 미겔 카브레라 감독의 용병술 덕분이 아닌데."

마지막 기사의 제목이 신경에 거슬렸기 때문이었다.

"하긴, 지금 이게 중요한 건 아니지."

톰 힉스는 위스키가 담긴 잔을 들어 올려 입으로 가져가면서도 휴대전화에서 시선을 떼지 못했다.

"트레이드를 원한다."

지난 네 경기를 통해 톰 힉스는 메이저리그 타 구단 단장들에게 이런 시그널을 보낸 셈이었다. 그리고 메이저리그 구단 단장들은 눈치가 빨랐다.

톰 힉스가 보낸 시그널을 눈치채지 못했을 리 없었다.

각 구단 스카우터들이 뉴욕 메츠와 워싱턴 내셔널스의 경기를 관전하기 위해 잔뜩 모여들었던 것이 그 증거였다.

"연락이 올 때가 됐는데."

트레이드 시장에 매물로 내놓은 박건을 비롯한 세 선수들이 준수한 활약을 펼친 상황.

지금쯤 트레이드를 원하는 구단에서 연락이 와야 했다.

"시간이 없어, 시간이."

위스키를 들이켠 톰 힉스가 떠올린 것은 송이현 단장의 얼굴이었다.

그녀가 한국으로 출국하는 것은 모레.

그 전에 박건에 대한 트레이드 제의가 없다면 톰 힉스는 난감한 상황에 빠지게 되는 것이었다.

송이현 단장의 제안을 받아들이고 박건을 청우 로열스로 보내느냐?

메이저리그 타 구단에서 더 좋은 제안이 올 때까지 기다리느냐?

두 가지 선택지 가운데 하나를 택해야 했기 때문이었다.

그렇지만 톰 힉스 입장에서는 어느 쪽도 선택하기 어려웠다.

"손실이 너무 커."

전자의 경우에는 투자 대비 손실이 너무 컸다.

뉴욕 메츠는 박건을 영입하기 위해서 371만 달러를 썼다.

그러나 송이현 단장은 박건을 청우 로열스로 재영입하기 위해서 지불할 수 있는 이적료의 최대치가 27만 달러라고 이미 못 박은 상황이었기 때문이었다.

"위험 부담이 너무 커."

후자의 경우에는 위험 부담이 너무 컸다.

오늘 경기까지 포함해서 지난 네 경기에서 박건이 보여준 활약을 훌륭했다. 그리고 박건이 앞으로도 계속 준수한 활약을 보인다면 송이현 단장이 제시한 이적료보다 훨씬 더 많은 이적료를 받고 박건을 트레이드시키는 것이 가능했다.

하지만 만약 박건의 활약이 반짝 활약에 그친다면?

좋은 조건으로 트레이드를 제안하는 구단은 없을 것이었다.

그때는 송이현 단장이 제시했던 27만 달러조차 챙기지 못하게 되는 것이었다.

그로 인해 톰 힉스의 고민이 깊어졌을 때였다.

지이잉. 지이잉.

탁자 위에 올려둔 휴대전화가 진동했다.

재빨리 휴대전화를 들어 올려 발신자 정보를 확인한 톰 힉스
가 두 눈을 크게 떴다.

"대런 스킵?"

콜로라도 로키스의 단장인 대런 스킵이 전화를 걸었다는 사
실을 확인한 후, 톰 힉스가 고개를 갸웃했다.

"대런 스킵에게서 연락이 올 줄은 꿈에도 몰랐군."

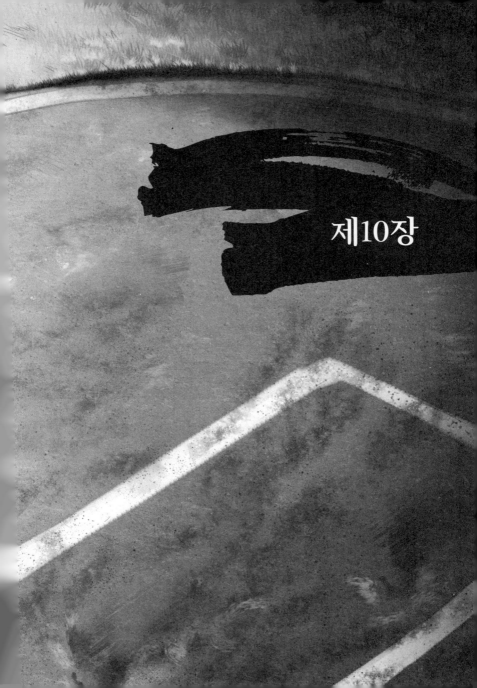

제10장

벌컥벌컥.

빌 머레이가 단숨에 맥주잔을 비운 후 손을 들었다.

"여기 맥주 두 잔 더… 잠깐만."

박건의 앞에 놓인 맥주잔을 살핀 빌 머레이가 주문을 도중에 멈추었다.

맥주잔에 담긴 맥주의 양이 거의 줄어들지 않았다는 사실을 뒤늦게 알아챘기 때문이었다.

"왜 안 드십니까?"

"내일도 경기가 있으니까요."

"그래도 맥주 한두 잔 정도는 괜찮지 않을까요?"

"내일 경기가 제게는 아주 중요한 경기입니다. 그래서 최상의 컨디션으로 경기에 임하고 싶습니다."

"일단 알겠습니다."

박건이 완곡하게 거절 의사를 밝히자, 빌 머레이가 더 권하는 대신 다시 주문했다.

"여기 맥주 두 잔 더 부탁해."

'왜 두 잔이지?'

빌 머레이의 주문 내용이 바뀌지 않았다는 것을 알아챈 박건이 의아한 시선을 던지자, 그가 입을 뗐다.

"제가 두 잔 다 마실 겁니다."

"일단 한 잔을 드시고 난 후에 다시 시키지 않고요?"

"갈증이 많이 나네요."

"……?"

"박건 선수의 자기 관리가 이렇게 철저하다는 것을 확인하고 나니까 아쉬운 마음이 더 큽니다."

빈말이 아니었다.

빌 머레이는 새로 주문한 맥주 두 잔이 도착하자마자, 단숨에 한 잔을 비웠다.


박건이 그 모습을 물끄러미 바라보고 있을 때, 이용운이 말했다.

"물어봐라."

"뭘요?"

"그렇게 아쉬워만 하지 말고 필라델피아 필리스 구단도 트레이드에 뛰어드는 편이 낫지 않냐고."

"그건……."

박건이 난색을 표했다.

왜 날 영입하지 않느냐?

필라델피아 필리스의 스카우터인 빌 머레이의 면전에서 이런 질문을 던지는 것이 낯 뜨거웠기 때문이었다.

해서 박건이 계속 머뭇거리자, 이용운이 다시 말했다.

"로마에 가면 로마법을 따르라는 속담, 알지?"

"그 정도는 알고 있습니다."

"알면서 왜 그래?"

"……?"

"여기는 한국이 아니라 미국이다. 후배를 어필하는 게 필요해."

이용운의 재촉을 못 이긴 박건이 결국 운을 뗐다.

"과음은 몸에 해롭습니다."

"그걸 모르는 사람도 있을까요?"

"그러지 말고 차라리……."

"차라리 뭡니까?"

"차라리… 절 영입하시죠?"

박건이 벌겋게 달아오른 얼굴로 말을 마친 후, 빌 머레이를 살폈다.

'황당한 표정을 짓지 않을까?'

이렇게 우려했는데.

빌 머레이의 반응은 박건의 예상과 달랐다.

"저도 박건 선수를 영입하고 싶습니다. 그런데 쪼잔한 단장이 문제입니다. 지갑을 닫고 열지를 않습니다."

그는 오히려 박건에게 하소연을 하며 부탁했다.

"지금처럼 다섯 경기만 더 활약해 주십시오."

"왜 그런 부탁을 하시는 겁니까?"

"만약 박건 선수가 다섯 경기만 더 활약하면 쪼잔한 단장이 확신을 갖고 지갑을 열 것 같아서입니다."

빌 머레이의 대답을 들은 이용운이 아쉬운 기색을 감추지 않고 말했다.

"필라델피아 필리스 이적은 물 건너갔구나."

"왜 물 건너갔다는 겁니까?"

"시간과 기회가 없으니까."

"……?"

"톰 힉스 구단주가 트레이드 제안을 기다릴 수 있는 마지노선은 내일 밤까지다. 송이현 단장이 모레 출국하니까."

'아쉽네.'

필라델피아 필리스는 박건의 포스팅에 참여했던 구단 중 하나.

비록 포스팅에 참여했던 다섯 구단 가운데 필라델피아 필리스의 입찰액이 200만 달러로 가장 적었다곤 하나, 박건에게 관심이 있었던 것은 부인할 수 없었다.

그러나 박건의 트레이드에 관심을 가질 예상 후보들 가운데 필라델피아 필리스는 이로써 후보군에서 제외된 셈이었다.

그로 인해 박건 역시 아쉬운 기색을 감추지 못할 때였다.

"박건 선수가 저를 만나자고 청한 이유에 대해서 고민해 봤습니다. 그리고 뉴욕 메츠 톰 힉스 구단주가 추진하고 있는 트레이드의 진행 상황에 대해서 알고 싶어서가 아닐까 하는 추측을 해 봤습니다. 혹시 제 추측이 맞습니까?"

빌 머레이가 조심스럽게 물었다.

가려운 곳을 긁어준 것이나 마찬가지인 상황인지라 박건이 대답했다.

"그 추측이 맞습니다."

"역시 그렇군요."

"그런데 그 전에 한 가지 궁금한 것이 있습니다."

"무엇이 궁금한가요?"

"톰 힉스 구단주가 트레이드를 추진한다는 사실을 어떻게 알았습니까?"

톰 힉스 구단주가 일종의 쇼케이스 무대를 마련하긴 했지만, 트레이드에 관한 언급은 일절 없었다.

그럼에도 불구하고 빌 머레이는 이미 톰 힉스 구단주가 트레이드를 추진하고 있다는 사실을 알고 있었다.

'어떻게 알았을까?'

그에 대해 호기심을 느낀 박건이 질문하자, 빌 머레이가 웃으며 대답했다.

"관심이 있으니까요."

"관심… 이요?"

"잭 니퍼트 단장, 아, 이제는 잭 니퍼트 전 단장이라고 부르는 것이 더 맞겠네요. 어쨌든 잭 니퍼트 전 단장과 미겔 카브레라 감독 사이의 불화는 널리 알려져 있었습니다. 그래서 스카우터들은 두 사람의 불화가 어떤 식으로 결론이 날지에 대해서 꾸준히 관심을 갖고 있었습니다."

"왜 스카우터들이 관심을 가졌던 겁니까?"

"두 사람 중 누가 밀려나는가에 따라서 뉴욕 메츠 선수들 중 일부가 트레이드 시장에 나올 것이란 예측이 가능했으니까요. 그래서 잭 니퍼트 전 단장이 영입했던 선수들 가운데 일부가 트레이드 시장에 나올 거라고 추측할 수 있었습니다. 그 선수들 가운데는 박건 선수도 포함되어 있고요."

비로소 호기심이 해소된 박건이 다시 질문했다.

"실례가 되지 않는다면 현재 트레이드 진행 상황에 대해서 들을 수 있을까요?"

그 질문을 받은 빌 머레이가 어깨를 으쓱했다.

"물론입니다. 제가 알고 있는 한도 내에서는 얼마든지 알려 드리겠습니다."

빌 머레이가 맥주를 한 모금 마신 후, 말을 이었다.

"가장 먼저 움직인 구단은… 콜로라도 로키스입니다."

*　　　　*　　　　*

'콜로라도 로키스?'

박건이 두 눈을 크게 떴다.

콜로라도 로키스는 내셔널리그 서부 지구에 속해 있는 다섯 구단 중 하나.

박건이 놀란 이유는 콜로라도 로키스가 트레이드 시장에 뛰어들 것이라고는 전혀 예상을 못 했기 때문이었다.

"콜로라도 로키스의 대런 스킵 단장이 폴 바셋을 노리고 있다고 하더군요."

"폴 바셋… 이요?"

"네, 제가 알고 있는 바로는 폴 바셋에게 군침을 흘리는 구단이 꽤 되는 것으로 알고 있습니다. 그런데 콜로라도 로키스가 가장 먼저 결단을 내리고 움직였죠."

"이유……."

박건이 콜로라도 로키스가 폴 바셋 영입에 나선 이유를 질문하려 했지만, 도중에 말을 멈췄다.

이용운이 끼어들었기 때문이었다.

"그 이유는 내가 알려주마. 목이 가장 마른 자가 우물을 파기 때문이다."

"무슨 뜻입니까?"

"콜로라도 로키스의 백업 유격수인 개럿 햄슨이 얼마 전에 발목이 골절되는 부상을 당했다. 주전 유격수인 트레버 스토리가 건재하긴 하지만, 백업 유격수 없이 남은 시즌을 치르는 것이 콜로라도 로키스의 대런 스킵 단장은 불안했을 것이다. 그래서 트레버 스토리의 백업 유격수 역할을 맡기기 위해서 폴 바셋을 트레이드로 영입하려는 것이다."

이용운의 설명 덕분에 콜로라도 로키스가 폴 바셋을 트레이드로 영입하려는 이유를 알게 된 박건이 고개를 끄덕였을 때였다.

"다음으로 움직인 것은 템파베이 레이스입니다."

"템파베이 레이스요?"

"네, 브라이언 마일스 영입에 관심이 있다고 하더군요."

빌 머레이의 말이 끝나기 무섭게 이용운이 다시 설명했다.

"템파베이 레이스는 현재 메이저리그를 통틀어 가장 득점 생산력이 떨어지는 팀이다. 여러 이유가 있지만, 가장 큰 이유는 테이블세터를 이루는 야수들의 출루율이 낮은 것이다. 그래서 새로운 테이블세터를 찾고 있는 가운데 마침 브라이언 마일스가 눈에 띄었을 게다. 이번 쇼케이스 무대에서 브라이언 마일스는 출루 능력과 베이스러닝 능력이 있다는 것을 증명했으니까. 게다가 브라이언 마일스의 이적료는 비싸게 책정되지 않을 것이다. 대표적인 스몰 마켓 중 하나인 템파베이 레이스 입장에서는 딱 구미에 당기는 상품이라고 해도 과언이 아니지."

박건이 고개를 끄덕였을 때, 빌 머레이가 말을 이었다.

"세 번째로 움직인 구단은 애틀랜타 브레이브스입니다."

"애틀랜타 브레이브스요?"

박건이 갈증을 참지 못하고 앞에 놓인 맥주잔을 들어 한 모금을 마셨을 때였다.

"애틀랜타 브레이브스는 박건 선수를 영입하는 데 관심이 있다고 했습니다."

'드디어… 내 이름이 나왔다.'

아까 빌 머레이는 콜로라도 로키스와 템파베이 레이스가 트레이드 시장에 뛰어들었다는 정보를 알려주었다.

그러나 두 구단이 관심을 가지고 있는 선수들은 폴 바셋과 브라이언 마일스였다.

박건의 이름은 언급되지 않았다.

그로 인해 내심 초조했었는데.

마침내 자신의 이름이 언급된 것이었다.

게다가 애틀랜타 브레이브스는 박건의 포스팅에 참가했던 팀들 중 하나였다.

또, 뉴욕 메츠에게 밀려서 박건 영입에 실패했지만, 애틀랜타 브레이브스의 포스팅 입찰액은 300만 달러였다.

301만 달러를 입찰했던 뉴욕 메츠에 비해 고작 1만 달러 적었던 입찰액.

이용운의 표현대로라면 박건에 대한 애정이 컸단 뜻이었다.

"애틀랜타 브레이브스가 제게 관심을 드러낸 이유도 알고 있습니까?"

"가장 큰 이유는 역시 박건 선수가 지난 네 경기에서 좋은 활약을 펼쳤기 때문일 겁니다. 그리고 애틀랜타 브레이브스의 스카우터는 기본적으로 박건 선수에 대한 신뢰가 있습니다. KBO 리그 시절 박건 선수의 활약을 면밀하게 관찰했으니까요."


'가능성이… 있다.'

애틀랜타 브레이브스로 이적이 가능할 수도 있단 생각이 들어서 박건의 표정이 조금 밝아졌을 때였다.

"그리고 굳이 이유를 하나 더 꼽자면 애틀랜타 브레이브스가 워싱턴 내셔널스와 지구 우승을 놓고 경쟁하고 있기 때문입니다."

"……?"

"박건 선수는 워싱턴 내셔널스의 1, 2선발인 스티븐 스트라스 버그와 멕스 슈어저를 상대로 홈런을 3개나 빼앗아냈습니다. 그 리고 타점도 많이 올렸죠. 지구 우승을 두고 워싱턴 내셔널스와 경쟁하고 있는 애틀랜타 브레이브스는 스티븐 스트라스버그와 멕스 슈어저를 상대로 박건 선수가 강한 면모를 보였다는 점에 매력을 느꼈을 겁니다."

'노력이 헛되지 않았다.'

박건이 탁자 아래에 내리고 있던 두 주먹을 불끈 움켜쥔 순간 이었다.

"애틀랜타 브레이브스로 이적하는 것은 어려울 것이다."

이용운이 어두운 목소리로 말했다.

"왜 어렵다는 겁니까?"

그 이야기를 들은 박건이 고개를 갸웃했다.

빌 머레이가 건넨 정보가 틀리지 않다면 박건의 애틀랜타 브 레이브스 이적은 충분히 가능했다.

그러나 이용운은 애틀랜타 브레이브스로 이적하는 것이 어려 울 거라 예상했다.

박건이 부정적인 의견을 피력한 이유에 대해 묻자, 이용운이 대답했다.

"뉴욕 메츠와 애틀랜타 브레이브스가 내셔널리그 동부 지구 우승을 두고 경쟁하는 라이벌이기 때문이다."

*　　　　　*　　　　　*

〈내셔널리그 동부 지구 순위〉
1위. 애틀랜타 브레이브스.
2위. 워싱턴 내셔널스.
3위. 뉴욕 메츠.
4위. 필라델피아 필리스.
5위. 마이애미 말린스.

　파죽의 4연승을 내달린 뉴욕 메츠는 필라델피아 필리스를 제치고 내셔널리그 동부 지구 3위로 한 단계 순위가 상승했다.
　그렇지만 지구 선두를 달리고 있는 애틀랜타 브레이브스와는 9게임의 격차가 벌어져 있었다.
　지구 우승을 다투는 라이벌이라기에는 뉴욕 메츠와 애틀랜타 브레이브스의 격차가 큰 편이었다.
　그래서일까.

　"뉴욕 메츠와 애틀랜타 브레이브스가 내셔널리그 동부 지구 우승을 두고 경쟁하는 라이벌이기 때문이다."

　이용운이 이런 이유를 꺼냈을 때, 박건은 고개를 갸웃거렸다.
　그 반응을 확인한 이용운이 덧붙였다.
　"적어도 톰 힉스 구단주는 뉴욕 메츠가 내셔널리그 동부 지구 우승 후보라고 믿고 있다."

"하지만……."

"남의 생각까지 바꾸도록 강요할 수는 없지 않느냐?"

"그건… 그렇죠."

박건이 수긍한 순간, 이용운이 다시 입을 뗐다.

"일전에도 여러 차례 강조했지만 트레이드가 성사되기 어려운 이유는 사촌이 땅을 사도 배가 아픈 인간의 본성 때문이다. 구단과 구단이 트레이드를 논의하는데 왜 인간의 본성이 트레이드 성패를 좌우하느냐? 이런 질문을 던질 수도 있지만 그게 현실이다. 결국 윗선에서 트레이드 성사 여부를 결정하거든. 어쨌든 중요한 것은 톰 힉스 구단주가 여전히 뉴욕 메츠가 내셔널리그 동부 지구 우승에 도전할 수 있다고 판단하고 있다는 점이다. 그런데 현재 내셔널리그 동부 지구 선두를 달리고 있는 애틀랜타 브레이브스와 트레이드에 합의할까? 그럴 가능성은 낮다. 박건이란 선수가 애틀랜타 브레이브스에 가서 잠재력이 폭발하면서 맹활약을 펼치면 톰 힉스 구단주의 입장이 무척 난처해지거든. 또 뉴욕 메츠의 지구 우승 도전에도 큰 걸림돌이 될 테고."

이용운이 박건의 애틀랜타 브레이브스 이적이 어려운 이유에 대해 설명한 후, 난감한 표정을 지었다.

박건의 포스팅에 입찰했던 구단은 다섯이었다.

뉴욕 메츠와 필라델피아 필리스, 밀워키 브루어스, 피츠버그 파이어리츠, 애틀랜타 브레이브스가 그 다섯 구단이었다.